PHILIPPE-AUGUSTE,

POÈME HÉROÏQUE

EN DOUZE CHANTS,

PAR F. A. PARSEVAL,

MEMBRE DE L'ACADÉMIE FRANÇAISE.

Seconde Édition.

———

TOME I.

PARIS,

AIMÉ ANDRÉ, LIBRAIRE, QUAI DES AUGUSTINS, Nº 59.

PONTHIEU ET Cⁱᵉ, LIBRAIRES, PALAIS-ROYAL.

———

M. DCCC. XXVI.

PHILIPPE-AUGUSTE.

TOME I. 1240

IMPRIMERIE DE H. FOURNIER,

RUE DE SEINE, N° 14.

PHILIPPE-AUGUSTE,

POÉME HÉROÏQUE

EN DOUZE CHANTS,

PAR F. A. PARSEVAL,

MEMBRE DE L'ACADÉMIE FRANÇAISE.

Seconde Édition.

TOME I.

PARIS,

AIMÉ ANDRÉ, LIBRAIRE, QUAI DES AUGUSTINS, N° 59;

PONTHIEU ET Cie, LIBRAIRES, PALAIS-ROYAL.

M. DCCC. XXVI.

AVERTISSEMENT.

Quand j'ai fait imprimer la première édition de mon Poème, j'ai dit à mes lecteurs que l'état de ma santé, très-affoiblie, m'avoit forcé de hâter la publication de cet ouvrage. Je ne voulois pas attendre que l'âge me privât de la force nécessaire pour corriger les fautes qui me seroient révélées par le grand jour de l'impression. J'ai fait de nouveaux efforts pour rendre mon travail encore plus digne de l'accueil flatteur dont le public l'a honoré, et la seconde édition que je lui présente est revue et corrigée autant que mes moyens me l'ont permis.

Les six premiers chants présentoient trop de récit et point assez d'action. J'en ai

changé l'ordonnance. Le siège du château
de Vauvert, attaqué par Philippe en personne, a remplacé celui du château de Lusignan, qui étoit raconté par Thibaut, et la
conspiration, qui avortoit au second chant,
a reçu des développements qui la conduisent jusqu'à la fin du sixième chant. J'ai
joint à ce changement capital toutes les
corrections de détail qui m'ont paru nécessaires.

A LA MÉMOIRE

DE

JACQUES DELILLE

F. A. PARSEVAL,

SON ÉLÈVE ET SON AMI RECONNAISSANT.

CHANT PREMIER.

ARGUMENT.

Exorde.—Invocation à la France.—État de Paris sous Philippe-Auguste.—*Te Deum* chanté dans l'église de Sainte-Geneviève pour la remercier des victoires remportées sur les Anglais. — La sainte, qui prévoit les malheurs dont la France est menacée, intercède pour elle auprès du Tout-Puissant.—Mélusine évoque les fées qui composent son cortège, et se rend dans sa grotte située au pied des Alpes. — Peinture de cette grotte. — Discours de Mélusine. — Les fées lui promettent leur secours, et mêlent à leurs sermens d'horribles sortilèges.—Mélusine excite à la guerre le roi d'Albion, le comte de Flandre et l'empereur d'Allemagne. — Philippe rassemble son armée et la passe en revue. — Il visite ensuite un hospice militaire où sont réunis les vieux chevaliers qui l'ont suivi dans ses campagnes d'outre-mer. — Son accueil à un vétéran centenaire. — Il fait une promotion de nouveaux chevaliers. — Cérémonies qui accompagnent leur réception.

PHILIPPE-AUGUSTE,

POÈME HÉROIQUE.

~~~~~~

CHANT PREMIER.

Muse, chante ce roi qui, d'une ligue injuste
Heureux vainqueur, obtint le beau titre d'Auguste,
Aux rebelles vassaux sut imposer des lois,
Fut l'amour des Français et l'exemple des rois.
Vainement d'Albion la rage sanguinaire
Soudoya des Flamands la foudre mercenaire;
De Rome vainement elle acheta l'appui;

Flamands, Germains, Anglais, tout succomba sous lui,

Et son bras, terrassant leurs hydres étouffées,

Dans les champs de Bovine éleva ses trophées.

France, à qui désormais je consacre mes vers,

Viens, brille en mes tableaux sous tes aspects divers;

Soit qu'en tes cloîtres saints où la ferveur habite,

Errante pèlerine ou pâle cénobite,

Tu prosternes ton front; soit qu'en ton libre essor,

Amazone, à tes pieds portant l'éperon d'or,

Tu marches au combat, déployant la féerie

Des talismans si chers à la chevalerie;

Soit, qu'aux sommets des mouts, couronnés de créneaux,

Prête à t'envelopper l'hydre des grands vassaux,

Poussant des sifflements pleins d'une horrible joie,

Dévore tes enfants à sa fureur en proie;

Soit qu'amante sensible et transformant ta cour

En tribunal ouvert aux plaidoyers d'amour,

Ta main du chevalier tantôt brode l'écharpe,

Tantôt du troubadour fasse gémir la harpe;

Toujours tendre, toujours belliqueuse, et des cieux

Solennisant toujours les cantiques pieux,

Ouvre-moi des Français les annales célèbres;

Mais cache à mes regards ces conquêtes funèbres,

Ces grands assassinats qui souillèrent les mains

De ces guerriers fameux, oppresseurs des humains.

Je ne veux applaudir qu'au succès légitime

D'un roi dont l'univers ne fut point la victime,

Qui sauva les Français des mortels ennemis

Par l'orgueil féodal en ses états vomis,

Et dompta, déployant sa sagesse profonde,

Le plus grand des fléaux qu'ait enfantés le monde.

Philippe avoit repris tous les nombreux remparts

Dans la France autrefois soumis aux Léopards,

Quand le droit d'héritage unit à leur domaine

La Touraine, l'Anjou, la Neustrie, et le Maine,

Et qu'aux mains de Henri l'hymen d'Aliénor

De la riche Aquitaine apporta le trésor.

Ce héros triomphoit, et la publique ivresse,

Les applaudissements, les larmes d'allégresse;

I.

Les acclamations, les transports et les cris,

L'environnoient partout dans les murs de Paris.

Paris, dans ces vieux temps, n'étaloit point encore

L'éclat majestueux dont son front se décore.

On entendoit au loin mugir de longs troupeaux

Au lieu même où, paré de nobles chapiteaux,

Le Louvre se déploie en portiques superbes;

La Seine visitoit des bords tapissés d'herbes,

Et les quais orgueilleux qu'elle bat en grondant

N'avoient point asservi son cours indépendant;

Près des toits somptueux et des enclos modestes,

Des arbres déployoient leurs parures agrestes;

Du moderne Paris rien n'offroit la splendeur,

Mais tout y présageoit sa future grandeur.

Philippe avoit ouvert l'école fortunée

Qui des filles du roi se dit l'auguste aînée,

Et les yeux, à travers mille confus brouillards,

Entrevoyoient déjà la lumière des arts

Dont le naissant éclat, et la timide aurore,

Paroissoient ressembler au pâle météore

Qui dans la sombre nuit fait trembler ses rayons;

Et tandis qu'enseignant le Dieu que nous croyons,

L'Église combattoit les cultes idolâtres,

Les schismes hérissés d'erreurs opiniâtres;

Tandis que s'opposant à l'incrédulité,

Son zèle ardent sondoit la docte antiquité,

Et répandoit au loin ses richesses fécondes;

La science cachée en ces mines profondes,

Partout se dévoilant, aux yeux étinceloit;

Des siècles sur l'airain l'antiquité parloit;

Des ouvrages fameux l'éloquence exhumée

Ressaisissoit déjà sa vieille renommée;

Riche de grands combats et de faits éclatants,

L'histoire s'échappoit des ténèbres du temps,

Et du sage Platon les sublimes doctrines

Mêloient ce nom divin aux vérités divines.

Les grands succès du roi favorisoient encor

Les arts qui commençoient à prendre leur essor.

Mais, avant que leur pompe à Lutèce déploie

L'éclat qui des Français doit signaler la joie,

Philippe veut d'abord dans sa noble cité

Rendre grace au Très-Haut de sa prospérité,

Et bientôt il se rend dans ce temple où s'élève

La châsse dont les flancs renferment Geneviève [1],

Où dorment inhumés les restes de Clovis.

A peine est-il entré dans l'auguste parvis,

Il entend retentir le célèbre cantique

Dont les accents pieux, et l'harmonie antique,

Consacrent devant Dieu les victoires des rois.

Au chant de l'orgue uni, le chant des saintes voix

A reveillé l'écho des voûtes inspirées,

Qui grondent, répétant ces paroles sacrées :

« O Dieu! Dieu tout-puissant, arbitre des combats!

« Nous louons ta bonté, nous bénissons ton bras;

« Tu voles sur les vents, tu marches sur les ondes.

« Tous les grands, tous les rois, tous les cieux, tous les mondes,

« Ne sont que l'instrument de tes profonds desseins;

« Tes prophètes sacrés, tes apôtres, tes saints

« Proclament la grandeur du Verbe, fils unique,

« Qui, par l'intelligence, à toi se communique;

« Qui, ne méprisant point le sort le plus obscur,

« Vint d'une chaste vierge habiter le sein pur;

« Qui brisa l'aiguillon dont la mort nous menace,

« Et, rédempteur brillant, aux cieux reprit sa place,

« Pour y rentrer vainqueur en son suprême rang,

« Et sauver les élus baptisés de son sang.

« Daigne sauver aussi ce roi, ton digne ouvrage,

« Et nos chants te loueront, répétés d'âge en âge. »

Ainsi des prêtres saints les sublimes concerts

Invoquoient le Très-Haut, et montoient dans les airs,

Tandis que l'encensoir, où la flamme consume

La myrrhe dont au loin le temple se parfume,

Les ornements sacrés, les gothiques vitraux,

Les candélabres d'or, les lampes, les flambeaux,

Et les accents de l'orgue, et ceux de la trompette

Que du parvis sacré l'écho profond répète,

Solennisent ce jour par le ciel accueilli.

Poussière de Clovis, n'as-tu pas tressailli

Au bruit des chants joyeux chéris de la victoire,

Qui cent fois dans ce temple ont consacré ta gloire?

N'as-tu pas reconnu ces chants triomphateurs?

Et toi, qu'armoit jadis le sceptre des pasteurs,

Que maintenant des cieux la splendeur environne,

De ta chère Lutèce adorable patronne;

Toi de qui la bonté, dans les temps de malheur,

Mit aux pieds du Très-Haut le tribut de nos pleurs,

Offre-lui maintenant les cris qu'au ciel envoie

L'ame d'un peuple entier qui s'enivre de joie.

Ces cris vont retentir au centre éblouissant

De l'empire étoilé, soumis au Tout-Puissant.

Dans ce brillant chaos, cet océan des mondes

Qui commercent entre eux par des clartés fécondes,

Il est une cité, métropole des cieux,

Et de leur souverain séjour délicieux;

C'est leur Jérusalem, et leur ville éternelle;

Tout parle, agit, respire, aime, et jouit en elle;

Elle-même est vivante; en ses divins remparts

Quand elle assembleroit tous les astres épars,

Leur éclat n'offriroit qu'une image grossière

De son incorruptible et céleste lumière.

C'est là qu'environné de foudres et d'éclairs,

Dieu dispense ses lois à l'antique univers.

Le Verbe, l'Esprit-Saint, et la toute-puissance,

De leur triple unité composent son essence;

Sa présence remplit l'espace illimité;

Son empire est le ciel, son temps l'éternité;

En lui seul tout finit, en lui seul tout commence,

Et lui seul, en tout lieu, répand son être immense.

Les Dominations, les Trônes, les Ardeurs,

Inclinés devant lui, célèbrent ses grandeurs,

Et sa gloire sur eux rayonne réfléchie.

Tous éclatent placés dans leur hiérarchie;

Là, s'inclinent ornés de palmes et de fleurs

Les apôtres zélés, les vierges des douleurs,

Les courageux martyrs, les fervents solitaires,

Qu'au siècle a dérobés l'ombre des monastères,

L'Hébreu que du Très-Haut la gloire illumina
Sur les sommets sacrés d'Horeb et de Sina,
Tous ceux qui, de la vie abjurant les délices,
Ont fait du monde au ciel de constants sacrifices,
De l'éternel séjour éternels habitants,
Y jouissent en paix d'un éternel printemps.
Là, le Très-Haut, ouvrant ses profonds tabernacles,
En foudroyants éclats fait tonner ses oracles,
Qui révèlent ainsi ses augustes desseins;
Ainsi le Roi des rois, ainsi le Saint des saints
Voilé de sa splendeur en sa gloire repose.

Tremblante, à ses genoux Geneviève dépose
Ses vœux pleins de ferveur pour la France en danger.
Geneviève pressent que l'avide étranger,
Sur qui les noirs démons fondent leur espérance
Pour détrôner Philippe et ravager la France,
Va former une ligue entre vingt potentats
Prêts à porter la guerre au sein de ses états.
Le Très-Haut de la sainte apaise l'épouvante,

Et lui dit, exauçant sa prière fervente :

« Ton roi triomphera; mais le ciel irrité

« Veut retarder le cours de sa prospérité,

« Et châtier en lui l'injustice et la force,

« Qui dépouilla du trône, et flétrit d'un divorce

« Isembure, jadis l'épouse de son choix,

« Dont il reconnoîtra l'innocence et les droits. »

Dans le ciel, à ces mots, l'astre du roi se lève,

Brille, et par sa splendeur rassure Geneviève,

Qui, d'un plus vif éclat rayonnant à son tour,

Étincelle de joie et s'enivre d'amour.

Mais à sauver le roi quand son cœur se dispose,

Un funeste génie à son dessein s'oppose,

Et, pour le traverser, affermit l'union

Des Belges, des Germains, et des fils d'Albion;

C'est un monstre échappé des rives infernales.

Si l'on croit des vieux temps les poudreuses annales,

Mélusine, autrefois transformée en serpent,

Traîna d'un corps hideux le volume rampant.

2

Maintenant, fée altière, et vampire vorace,
Le front enorgueilli des grandeurs de sa race,
Pour combattre Philippe échappée aux enfers,
Elle aspire à venger les maux qu'elle a soufferts.

Contre la France un jour favorisant sa haine,
L'insidieux Satan lui dit : Sois souveraine
Des éléments divers et des nombreux démons
Qui, cachés dans les champs, dans les bois, sur les monts,
Égarent les humains et corrompent leurs ames,
Pour les précipiter en mes gouffres de flammes :
Détruis l'ordre partout, et du pouvoir royal
Fais triompher partout le pouvoir féodal :
Ces soins pourront calmer ta cruelle souffrance.
Elle accepta cette offre, et vola vers la France,
Où, signalant depuis ses ardentes fureurs,
Elle a de la révolte inspiré les horreurs.

Près des Alpes, aux pieds de ces monts dont les cimes,
En menaçant les cieux, pendent sur des abîmes,

Il est un antre affreux, vaste, ignoré du jour,

Dont elle a fait long-temps son terrestre séjour.

A peine elle apparoît sur ces âpres montagnes,

Qu'elle appelle à grands cris ses horribles compagnes,

Qui toutes, à l'envi, prêtes à la venger,

Autour d'elle en hurlant accourent se ranger.

Ces démons, de l'enfer exécrables ministres,

D'une fée, ainsi qu'elle, offrant les traits sinistres,

Inspirent aux humains les penchants criminels

Qui doivent les plonger dans les feux éternels.

Superbe, et le front ceint d'un casque de lumière,

L'une, amazone illustre, éclate la première.

D'un diadème d'or l'éclat ceint ses cheveux;

Et, de l'ambition favorisant les vœux,

Elle apporte en tribut à la reine des fées

Des armes, des drapeaux, des palmes, des trophées.

L'autre, qui sous des fleurs recèle des poisons,

Combat, mais par la fraude et par les trahisons.

Feignant de ressentir l'amour qu'elle profane,

Une autre sous l'abri d'un voile diaphane
Cache et laisse entrevoir l'attrayante rondeur
D'un beau corps embelli de sa feinte pudeur,
Tandis qu'en ses yeux bleus la volupté qui rêve
Enfle un sein dont l'ivoire en globes se soulève.
Une fée opulente à ses côtés fléchit
Sous le poids des trésors dont l'éclat l'enrichit ;
La fange devient or entre ses mains cupides,
Et la pomme se change en fruit des Hespérides.
Plus loin, de noirs serpents un monstre se nourrit,
Sa jalouse fureur avec rage sourit
Aux humains couronnés par des succès prospères,
Et sur son front hideux fait siffler ses vipères ;
D'un regard envieux il accuse le ciel ;
Sa langue, de son cœur distillant tout le fiel,
Flétrit tout, corrompt tout, dans son délire extrême,
Et voulant tout détruire, il se détruit lui-même.
Auprès de lui s'assied un monstre plus pervers,
Plus méchant, plus funeste encore à l'univers ;
Roulant des yeux dévots en de sombres orbites,

Pâle , et portant l'habit des humbles cénobites ,

D'une douceur modeste il semble revêtu ;

Il invoque toujours le ciel et la vertu ;

Mais, réveillant soudain sa fureur assoupie,

Il découvre aux démons ses ongles de harpie,

Qui s'allongent, sortis de ses longs vêtements,

Et d'un carnage affreux reparoissent fumants.

Du démon féodal cet horrible cortège

Célèbre sa puissance en un chant sacrilège,

Qui se mêle au fracas de la foudre et du vent.

Chaque fée à son tour maudit le Dieu vivant.

Elles volent en cercle; et dans la nuit profonde

Ainsi qu'un tourbillon leur essaim roule et gronde.

Le pâtre, au cri lointain de ces terribles sœurs,

S'éveille, et du repos cherche en vain les douceurs,

Tant il craint d'éprouver leur funeste colère;

Mais bientôt, se levant, l'astre du jour éclaire

Les débris d'un grand mont dont la chute a produit

Un repaire infernal, vaste et profond réduit,

2.

Qui de rochers rompus compose sa structure ;

Le désordre en créa l'informe architecture,

Et d'un amas confus de pierres et de flots

Paroît avoir formé ce palais du chaos.

Mélusine cent fois, pour consommer ses crimes,

Assembla ses démons dans ces profonds abîmes.

De cette sombre enceinte augmentant la terreur,

D'impétueux torrents s'y plongent en fureur ;

Du sommet de la grotte en masse répandue,

L'eau, dans sa chute horrible, à grand bruit descendue,

Tombe, écume et bondit, formant des tourbillons,

Tandis que cent ruisseaux versés à gros bouillons

Sur ces rocs déchirés, sous ces voûtes profondes,

En des canaux nombreux précipitent leurs ondes.

Tous ces flots rassemblés, subitement accrus,

Par une brèche énorme aussitôt disparus,

Forment aux pieds du mont une cascade immense.

C'est là que, dans l'accès d'une horrible démence,

En proie à ses transports, et poussant de grands cris,

La fée, avec ses sœurs, évoque les esprits,

Qui, de ces monts fameux terribles sentinelles,

Ont sans cesse habité leurs ombres éternelles.

Ils s'élancent portant des brandons lumineux

Et d'antiques sapins, dont les troncs résineux

A travers les vapeurs des ondes qui bondissent,

Comme de grands fanaux dans la nuit resplendissent.

Ces monstres dans la grotte en foule répandus,

Aux pointes des rochers s'élèvent suspendus;

Quelques autres, pareils aux larves, aux furies,

Apparoissent au fond des sombres galeries.

A peine elle aperçoit tous ces démons armés

Des débris de sapins dans leurs mains allumés,

Mélusine à leurs yeux, jusques à la ceinture,

D'une fée au front noble expose la stature,

Tandis que de son corps déployé sur les eaux

L'extrémité se roule en verdâtres anneaux.

Se plaçant au milieu de sa terrible troupe,

Le monstre féodal a recourbé sa croupe

En immense spirale, et, dans l'air se levant,

Repose avec orgueil sur ce trône vivant.

Avant de haranguer ses compagnes immondes,

Silence! dit leur reine aux mugissantes ondes.

A cet ordre, apaisant leur fougue et leur courroux,

Les torrents aplanis versent des flots plus doux,

Qui forment, asservis à ses lois souveraines,

Des sons plus séduisants que les voix des Sirènes.

Elle s'écrie alors : « Eh, quoi! prince odieux,

« Quoi! tes succès toujours affligeront mes yeux!

« En vain des éléments la fureur me seconde :

« J'ai fatigué les vents, les cieux, la foudre et l'onde,

« Et je vois les Anglais, malgré mes vains efforts,

« Dans la France immolés ou chassés de ses bords;

« Ainsi, de ma faiblesse à présent convaincue,

« Je me verrois réduite à m'avouer vaincue!

« Eh! comment aborder le puissant Lucifer,

« Si je n'ai, protégeant la cause de l'enfer,

« Affermi pour jamais sur sa base profonde

« Ce pouvoir féodal qui maîtrisoit le monde?

« N'en désespérons point; aux yeux de l'Éternel

« Philippe, je le sais, est un roi criminel.

« Depuis que son épouse, innocente victime,

« A vu briser par lui sa chaîne légitime,

« Son Dieu veut qu'il subisse un juste châtiment,

« Et je puis tout permettre à mon ressentiment.

« Vous donc, pour assurer le triomphe où j'aspire,

« Unissant Albion, la Belgique et l'Empire,

« Sur la France, à la fois, précipitez leurs coups;

« Partez; si vous tardez à servir mon courroux,

« Vous avez entendu ces mots pleins de mystère

« Qui font pâlir la lune et tressaillir la terre;

« Je puis dans ce moment encor les proférer;

« Ne les attendez pas : il faut, sans différer,

« Armer contre la France et son roi qui me brave

« L'Anglais et le Germain, le Belge et le Batave;

« Que sur nos ennemis tous fondent à la fois;

« Partez; vengez l'enfer, et défendez mes droits. »

Elle dit; chaque fée avec transport lui jure

Qu'elle est prête à s'armer pour venger son injure.

Du monarque germain réchauffant la tiédeur,

J'irai, dit l'une, armer sa belliqueuse ardeur;

J'attacherai, dit l'autre, à l'avide Angleterre

Du prince des Français le plus grand feudataire;

C'est le jeune Thibaut, dont les tendres désirs

Vont immoler sa gloire à l'attrait des plaisirs.

A ces mots, l'air affreux, l'œil hagard, le teint blême,

Les cheveux hérissés, déjà hors d'elle-même,

Mélusine sourit aux monstres infernaux;

De livides serpents enlacent leurs anneaux

Sur son front prophétique où flottent les verveines;

Tout le feu des enfers bouillonne dans ses veines;

Dans leurs orbes profonds ses yeux roulent ardents;

D'un horrible avenir sinistres confidents,

Ils peignent de son cœur la malice profonde;

Heureuse, elle entrevoit tous les malheurs du monde.

« C'est Philippe surtout que j'aspire à frapper,

« Dit-elle : à ma fureur pourra-t-il échapper?

« Non ; dans les champs guerriers, renversé par la foule,

« Sous les pieds des chevaux il se traîne, il se roule,

« Et son rival, offert à tous les yeux surpris,

« En triomphe est porté dans les murs de Paris. »

Telle est en ce moment la vision funeste

Que l'art de Mélusine à ses yeux manifeste.

Soudain tous les démons, dans un terrible chœur

Célèbrent le succès qu'a présagé son cœur.

Ils mêlent à leurs chants de puissants sortilèges,

D'exécrables forfaits, des serments sacrilèges,

Et toutes les horreurs dont ces monstres hurlants

Révoltent la nature, en leurs antres sanglants.

L'air se trouble, effrayé de leur infame orgie ;

D'un voile ensanglanté la lune s'est rougie ;

La mer s'enfle, on entend leurs discordantes voix

Siffler, hurler, frémir et rugir à la fois.

Que dis-je ? impatient de partager leurs crimes,

Tout l'Enfer s'est levé dans ses sombres abîmes

Et court à ces banquets de carnage fumants ;

Le mont a tressailli sur ses noirs fondements :
Tous ces monstres, enfin, de leurs réduits funèbres
S'élancent vomissant d'effroyables ténèbres.
Soudain la foudre éclate, et l'antre déserté
Rentre dans sa profonde et vaste obscurité.

Mélusine, à l'instant, vers Albion s'élance;
Là, de Plantagenet accusant l'indolence,
De sa bouche empestée elle exhale un poison
Qui saisit le monarque et trouble sa raison.
Il sent renaître en lui son zèle pour la guerre.
C'est peu; chez Ferdinand, qui languissoit naguère,
La fée, avec ardeur, bientôt s'ouvre un chemin,
Et voit auprès de lui le monarque germain,
Qui, désirant s'armer pour combattre la France,
De ses puissants secours lui donne l'assurance.
Se montrant à leurs yeux, de ses mains elle rompt
Le réseau de serpents qui flotte sur son front,
Le lance aux deux guerriers, dans ses nœuds les rassemble,
Et de ses longs replis les enveloppe ensemble;

Le monstre furieux, aussitôt, comme un trait,

Part, s'élève dans l'air, s'enfuit et disparoît.

A peine ils sont pressés par ces serpents livides,

Que, brûlant de fureur, et de carnage avides,

Ils arment à l'envi leurs bataillons divers.

De l'enfer ainsi qu'eux tous les monstres pervers,

Soulevant Albion, la Belgique, et l'Empire,

Liguent vingt souverains, dont la haine conspire

La perte de Philippe et de ses grands états.

Partout la Germanie enfante des soldats;

Le soc dort oublié; la faux étincelante

Va chercher dans les camps une moisson sanglante;

Le belliqueux acier remplit les arsenaux;

Les vieux forts démolis relèvent leurs créneaux;

Les châteaux, les cités, dans leurs fortes murailles,

Disposent à la guerre, exercent aux batailles

Les nombreux défenseurs que renferme leur sein.

L'un s'apprête à combattre en léger fantassin;

L'autre, armé de son fer, et brandissant sa lance,

D'airain tout hérissé, sur un coursier s'élance;

On taille les rameaux qu'on arrache aux forêts ;
Le feu les courbe en arcs, ou les roidit en traits ;
Les métaux embrasés dans les forges ruissellent ;
Les glaives frémissants sur la pierre étincellent ;
Et l'or des boucliers vomit un feu pareil
Aux éclairs de la foudre, aux rayons du soleil.

Philippe, cependant, à l'aspect de l'orage
Qui va fondre sur lui, sent croître son courage,
Et, déjà rassemblés, ses nombreux bataillons,
Sous les murs de Paris plantent leurs pavillons.
Tel un essaim léger d'abeilles diligentes,
Colons aériens, peuplades voltigeantes,
Bourdonne sur des fleurs, ou, guidé par le vent,
Monte en colonne ailée, en tourbillon vivant,
Environne sa reine, et, nation fidèle,
Partout vole, travaille, et combat avec elle.

Près de Philippe on voit son plus ferme soutien ;
C'est toi, premier baron de l'empire chrétien,

Noble Montmorency, pareil à ces grands chênes

Qui, nourris dans les bois des antiques Ardennes,

Levoient leurs fronts parés des casques, des écus

Par les braves Germains arrachés aux vaincus.

Le premier dans les rangs qu'enflammoit sa présence

Il planta son drapeau sur les murs de Byzance.

Du monarque français non moins fidèle appui,

L'intrépide Saint-Pol s'avance auprès de lui.

Eude, heureux possesseur de ces côtes ardentes

Dont le soleil mûrit les grappes abondantes,

Aux guerriers bourguignons plus loin dicte ses lois.

Près d'eux marchent Desbarre et le brillant de Blois;

Thibaut, que la Champagne au rang de comte élève,

Pareil à l'arbrisseau plein d'une tendre sève,

Beau, jeune, éblouissant d'audace et de valeur,

Présente à son monarque un héros dans sa fleur.

Pour défendre l'État son cœur bat, et n'aspire

Qu'à combattre Albion, la Belgique et l'Empire.

Il a de son courage, en signalant sa foi,

Fait les premiers essais sous les yeux de son roi.

Auprès des grands vassaux chefs des grandes provinces
Du sang des rois français on distingue les princes;
Louis, fils du héros , Ponthieu, fils de sa sœur;
Dreux, son frère chéri, prélat, guerrier, chasseur,
Qui joint la mitre au casque, et dont l'armure étale
Sur l'airain belliqueux la croix sacerdotale.
Après lui s'avançoient Tristan, Melun, Beaumont,
Et de Roie, et de Nesle, et Mareuil, et Clermont :
Favoris du héros , et sa brillante élite,
Et Destaing, qui devient son plus grand prosélyte.

Au fracas des clairons, des trompes, et des cors,
Qui font dans l'air au loin retentir leurs accords,
Le monarque français voit, en lignes formée,
S'étendre, et devant lui défiler son armée.
Il aime à contempler de ces rangs pleins d'ardeur
Les longs alignements, la vaste profondeur;
Il ordonne, et soudain des manœuvres savantes
Font marcher devant lui cent colonnes mouvantes,
Qui couvrent de leur ombre un immense terrain.

Il voit se hérisser une moisson d'airain,
Excite des soldats la noble confiance,
Promène en tous les rangs l'œil de l'expérience,
Et dispense avec art l'éloge qui des preux
Aiguillonne l'audace et l'instinct valeureux.

Mais déjà sur Paris de ses longs voiles sombres
La nuit, en s'abaissant, a déployé les ombres.
Sitôt que le soleil renouvelle son cours,
Philippe va, du peuple évitant le concours,
Visiter en secret un salutaire hospice,
Que jadis il fonda d'une main protectrice
Pour les vieux chevaliers dont les nobles débris
Trouvent un sûr asile en ces pieux abris.

Là, repose des Francs l'opulente dépouille,
Et des glaives gaulois la vénérable rouille,
Et leurs casques de fer, et leurs longs javelots,
Et ces bustes guerriers, fantômes de héros,
Qui, rangés fièrement au pied de leurs murailles,

3.

Debout, semblent encor réclamer des batailles;

Aux voûtes suspendus dorment leurs boucliers,

Et leurs traits en faisceaux entourent les piliers.

Tandis que le héros contemple ces armures,

Il entend s'élever quelques foibles murmures,

Et bientôt aperçoit ces augustes vieillards,

Dont l'audace au combat suivit ses étendards.

Alors il reconnoît ces vétérans, ces braves,

Aux fronts cicatrisés, aux traits nobles et graves,

Qui tous ont partagé ses destins glorieux,

Et ne peut de leurs traits rassasier ses yeux.

Les uns sont ces héros, ces chevaliers du Temple,

De la foi qui combat rare et sublime exemple;

Les autres, secondant ces fameux templiers,

Tuteurs des pèlerins, soldats hospitaliers,

Font respecter en eux une vertu sans tache.

Chevaliers du croissant, du glaive, de la hache,

Du sépulcre divin, du lis, et du lion,

Tous ont servi l'État et la religion.

Ceux que la charité d'un zèle ardent domine

S'avancent revêtus du vair et de l'hermine;

Le monarque français a reconnu ces preux

Dont l'humanité sainte assiste les lépreux.

L'un de Ptolémaïde entreprit l'escalade;

Cet autre incendia l'énorme palissade

Qui protégeoit encor cette forte cité;

En des torrents de feux il s'est précipité.

Ah! si le roi vouloit les guider sur sa trace!

Ils sentent dans leurs cœurs, ils ont là cette audace

Qui peut briller encore en lui servant d'appui :

Leur vieux sang ranimé bouillonne encor pour lui.

Philippe les entend; il voit, il sent qu'on l'aime.

Heureux, cent fois heureux d'être aimé pour lui-même !

De ce charme divin son cœur bat enivré.

Il aperçoit alors un vieillard vénéré.

Qui du roi son aïeul a suivi les enseignes,

Dont le front belliqueux a blanchi sous trois règnes,

Qui porte, instruit des faits depuis long-temps passés,

Cent hivers révolus sur sa tête amassés.

Comme un cèdre, il a vu s'élever sous son ombre

Ses fils, ses petits-fils, ses rejetons sans nombre ;

Soutiens de leur pays, tous le servent encor.

Que d'assauts, de combats, n'a point vus ce Nestor !

Il servit dans la Grèce, en Palestine, en France :

« Sous les coups des Français j'ai vu tomber Byzance ;

« J'escaladois Jaffa, quand le fer inhumain

« A mutilé mon bras, et fait tomber ma main.

« Étourdi par ce coup, et me traînant à peine,

« Je m'agitois en vain me roulant sur l'arène,

« J'implorois un sauveur, quand je vis accourir...

« C'étoit mon roi lui-même, il vint me secourir :

« Il me prit dans ses bras, et, dans la nuit obscure,

« De ses augustes mains il pansa ma blessure.

« Pourquoi l'âge, sur moi déployant sa rigueur,

« Ne m'a-t-il rien laissé de ma jeune vigueur ? »

Du vieillard à ces mots les yeux de gloire avides,

Et son front labouré de vénérables rides,

S'animoient au récit de ces nobles exploits ;

Philippe, qui l'a vu combattre sous ses lois,

Prodigue à sa valeur un doux tribut d'éloge,

Long-temps, avec plaisir, l'écoute et l'interroge,

Et lui donne un rubis, étincelant trésor,

Où son portrait gravé luit enchâssé dans l'or.

Puis aux vieux chevaliers il dit : « Preux magnanimes,

« Conservez pour l'État vos sentiments sublimes ;

« Mais votre sang pour moi fut assez répandu ;

« Jouissez d'un repos qui vous est si bien dû.

« Je veux que l'héritier promis à ma couronne,

« Et les fils des seigneurs, dont l'essaim m'environne,

« Ici, pour honorer vos sentiments guerriers,

« Soient élevés au rang des nobles chevaliers.

« Je vais payer ainsi, dans ce jour plein de charmes,

« La dette de l'honneur à mes compagnons d'armes. »

En sa présence alors cent écuyers admis ¹,

Tous prêts à recevoir l'ORDRE à leurs vœux promis,

Néophytes guerriers, dans les saintes demeures

Vont des nuits, en priant, sanctifier les heures.

A l'autel de la Vierge, et de leurs saints patrons,

Déjà tous, en priant, ont incliné leurs fronts.

Des lampes, dont les feux tremblent dans les ténèbres,

Éclairent foiblement des monuments funèbres,

Où partout, sur l'albâtre, à leurs yeux retracés,

Resplendissent les traits des nobles trépassés.

Des astres de la nuit les clartés incertaines

A peine ont disparu, tous les vieux capitaines,

Vétérans de l'honneur, exemple des soldats,

Sous les noms de parrains, aux jeunes candidats,

Pour les initier, offrent leurs ministères,

Et les mènent aux bains, où des eaux salutaires

De leurs flots embaumés épanchent la fraîcheur.

Sortis de l'onde, un lin de sa pure blancheur

Les entoure, et leur main saisit la noble épée

Qui du sang ennemi bientôt sera trempée.

Là, bénis par un prêtre, en leurs pieux réduits,

Par leurs dignes parrains ils reviennent conduits,

Et revêtent bientôt les fins tissus de mailles,

La cuirasse dont l'or resplendit en écailles,

La chlamyde flottante, et les souples colliers,

Éclatants attributs des braves chevaliers.

Puis ils vont au palais, où le monarque illustre,

Entouré de ses grands, rayonne en tout son lustre.

Un ministre des cieux alors, sur un lutrin

Posant un livre d'or devant leur souverain,

L'ouvre, et lit les statuts de la chevalerie,

Qu'il grave dans leur ame à la vertu nourrie;

Ces saints commandements et ces grandes leçons

Ont instruit de l'honneur les nobles nourrissons.

Bientôt, en soupirant, les humbles Pénitences

Viennent, le front baissé, pleurer sur les offenses

Dont l'aveu gémissant implore l'Éternel,

Qui laisse désarmer son courroux paternel.

Son Évangile, offrant les saintes paraboles,

Des devoirs du chrétien vénérables symboles,

Leur dit : « Éloignez-vous du vice empoisonneur;

«Servez Dieu, le monarque, et respectez l'honneur.

Le divin sacrifice aux leçons salutaires
Fait succéder bientôt le plus saint des mystères;
Du pain des séraphins chacun d'eux se nourrit,
Et boit, en un vin pur, le sang de Jésus-Christ.
De charmantes beautés, accourant sur leurs traces,
De festons odorants parfument leurs cuirasses,
Attachent à leurs pieds les nobles éperons.
Soudain tous à genoux ont incliné leurs fronts;
Le monarque français de son trône se lève;
Trois fois sur leur épaule il a posé son glaive,
Et, d'un ton solennel, dit à chaque guerrier :
« Au nom du Roi des rois, je te fais chevalier;
« Remplis tes saints devoirs : des nations entières
« Veulent de mes états renverser les barrières;
« Les étrangers ont dit, l'un par l'autre excités :
« Dévorons ses trésors, renversons ses cités;
« Partageons sa dépouille. Ils l'ont dit, mais la France
« Va confondre bientôt leur altière espérance;

« Bientôt ils me verront, ils connoîtront mes preux,

« Et la destruction retombera sur eux. »

Ainsi parle Philippe à l'espoir du royaume.

Par les dames alors le bouclier, le heaume,

Le gantelet, la lance, aux héros sont offerts;

D'argent, d'or, et d'airain, tous à l'instant couverts,

Et des feux du soleil réfléchissant les gerbes,

S'élancent, emportés par des coursiers superbes.

Du belliqueux hospice ils franchissent les cours,

Et vont dans la cité rejoindre les Harcourts,

Les Tristans, les Meluns, les Destaings, dont la lance

Défend Dieu, la beauté, le monarque, et la France.

Quel concours autour d'eux ! quels cris percent les airs !

De l'airain balancé les augustes concerts,

Les pontifes sacrés, dont l'ordre magnifique

Joint à l'éclat guerrier son éclat pacifique;

Les belles en tous lieux étalant leurs atours,

Le peuple qui monté sur les toits, sur les tours,

Assiégeant les palais, répandu sur les routes,

Observe les tournois, les pas d'armes, les joûtes,

Les jeux du troubadour, du jongleur, et se plaît

Au chant de la romance et du joyeux couplet;

La table où rit le vin, l'autel où l'encens fume,

Toute une ville en fleurs que la rose parfume;

Les présents prodigués, les flots d'argent et d'or,

Qui du roi sur le peuple épanchent le trésor,

Et les feux de la torche en tous lieux allumée,

Dont la splendeur éclaire une ville enflammée :

Tout d'un si beau spectacle accroît l'illusion.

Montrez-vous maintenant, fiers enfants d'Albion,

Disputez à ces preux les armes enchantées,

Qu'à leurs vaillantes mains l'amour a présentées;

Bravez, si vous l'osez, ces jeunes combattants

Du besoin des périls déjà tout palpitants.

Comment les renverser? A leur gloire fidèles,

Favoris de leur roi, favoris de leurs belles,

Appuis de leurs parents, et leur plus cher espoir,

La nature, l'amour, l'honneur et le devoir,

Tout ce qui parle aux sens, tout ce qui ravit l'ame,

Tout ce qui des grands cœurs alimente la flamme
Soutient leur fier élan, les entraîne au combat,
Et répond aux Français du salut de l'État.

FIN DU CHANT PREMIER.

CHANT II.

ARGUMENT.

Philippe envoie son armée en Belgique, sous les ordres de ses lieutenants, et Thibaut en Albion pour traiter de la paix avec cette puissance. — Isabelle d'Angoulême invite Thibaut à lui faire le récit de la guerre de Philippe contre Jean-Sans-Terre. — Récit de Thibaut; il voit la Loire en songe; bataille livrée aux Anglais près de la ville de Tours; faits d'armes de Montmorenci; Arthur et sa mère sont faits prisonniers de guerre; manœuvres commandées par Philippe, qui triomphe des Anglais. — Thibaut blessé par Salsbéry est sauvé par Louis son frère d'armes, et transporté à l'abbaye de Fontevraut. — Il devient épris de Blanche de Castille sans la connoître; progrès de son amour pour cette princesse; grande leçon qu'il en reçoit; elle le revêt de ses armes, et le détermine à partir pour se rendre à l'armée française.

CHANT II.

Maintenant, déployez votre ardeur énergique,
Partez, jeunes héros, courez dans la Belgique,
Du monarque français planter les pavillons,
Et guidez au combat ses hardis bataillons.
Philippe vous conduit, l'Europe vous contemple;
Lui-même, vous offrant son intrépide exemple,
S'apprête à vous guider, quand un noir attentat
Par des conspirateurs tramé contre l'État,
Le retient dans Lutèce, où la France lui crie :
Ne m'abandonne pas, et défends ta patrie.
Il confie à Saint-Pol ses soldats belliqueux;
Dreux, Desbarre et Clermont combattront avec eux;
Et lorsque les tournois, les festins et les fêtes,
Solennisant du roi les illustres conquêtes,
Paroîtront amuser son auguste loisir,
Feignant de se livrer à l'attrait du plaisir,

Ses yeux surveilleront l'affreuse trame ourdie
Par une criminelle et lâche perfidie.
Il en connoît déjà les auteurs odieux,
Mais leur asile encor se dérobe à ses yeux.

Leur chef est Lusignan, qui jusqu'à Mélusine
Fait de son noble sang remonter l'origine.
Naguère son manoir terrible à ses vassaux,
Sur un mont escarpé méprisant leurs assauts,
Fut de ses grands larcins le réceptacle infame ;
Jusqu'au jour où son roi, par le fer et la flamme,
Détruisit pour jamais ce fort ensanglanté
Qui protégeoit la fraude et la férocité.
Maintenant, comme on voit en menaçant les mondes
La comète traîner ses flammes vagabondes,
Et de ses crins ardens, déployés dans les airs,
Envoyer aux humains les sinistres éclairs ;
Cet orgueilleux vassal, déchu de sa puissance,
Traînant les vains débris de sa magnificence,
Fuit, et verse partout, avec ses trahisons,

De son astre pâli les funestes poisons.

Les foudres de Philippe ont éteint son tonnerre ;
Mais ses rébellions ont rallumé la guerre.
Il joint son brigandage aux attentats des grands,
Qui, du roi leur vainqueur implacables tyrans,
Non loin de son palais ont envahi des roches
Dont la cime à Philippe interdit ses approches.

Là, règne un vaste fort à la révolte ouvert,
Et par eux appelé le château de Vauvert.
Ils ont vu ce manoir sur les plaines voisines
En débris menaçans suspendre ses ruines ;
L'ont trouvé sans défense, et l'ont fortifié.
On dit que par Robert ce fort édifié,
Depuis que sur sa femme et sur son diadème
Pesa du Vatican le terrible anathème,
Fut livré par un sort aux ténébreux esprits.
Du palais de ce prince habitant les lambris,
Maintenant Mélusine et ses sœurs sacrilèges

Ont dans ces murs maudits, en proie aux sortilèges,
Évoqué de la tombe et des vieux monuments
Les morts mêmes soumis à leurs enchantements;
Par leur voix imploré, de ses sombres royaumes
Tout l'enfer a vomi d'effroyables fantômes;
Et le fier Lusignan, dominant sur ces monts,
Joint sa fureur ardente aux fureurs des démons;
C'est là que les vassaux, à Philippe rebelles,
Naguère ont rassemblé leurs troupes criminelles;
Qui, pour le renverser, unissant leurs fureurs,
Des plus noirs attentats ont tramé les horreurs.

Il est un chevalier plus perfide et plus traître
Que tous ces grands armés pour détrôner leur maître,
C'est Boulogne; autrefois, du monarque chéri,
Jeune encore, il en fut le brillant favori;
Mais son cœur exercé dans la profonde étude
De dérober aux yeux sa noire ingratitude,
Dans l'ombre, quelque temps, cacha les nœuds secrets
Qui lioient l'Angleterre à tous ses intérêts.

Philippe a dévoilé ses lâches félonies,

Et d'une juste mort il les auroit punies,

Si chez les étrangers le perfide, en fuyant,

N'eût évité les coups de son bras foudroyant.

Là, ce rebelle encor, faisant tête à l'orage,

A dans l'adversité retrempé son courage.

Tel on voit le polype, insecte végétal,

Par la force arraché de son berceau natal,

Sous les coups répétés du fer qui le mutile,

Reproduisant sa vie en longs rameaux fertile,

Se rejoindre à lui-même et se multiplier,

Et dans chaque débris renaître tout entier;

Tel Boulogne, bravant le sort qui le menace,

En son adversité redouble encor d'audace.

Déjà, dans les châteaux, dans les camps, dans les cours

Des belliqueux Germains réclamant les secours,

Il a vu les guerriers de Mayence et de Trèves,

A troublé leur repos et réveillé leurs glaives;

Franchi l'Escaut, le Rhin, traversé le Weser,

Vu l'Elbe, interrogé le Danube et l'Oder;

Et, jusqu'en son palais où languit sa mollesse,

A du superbe Othon gourmandé la paresse.

Mélusine rejoint Boulogne en ces climats,

Où ses cris, par milliers, rassemblent des soldats;

Philippe en est instruit, et déjà sa prudence

Veut détacher l'Anglais de cette ligue immense;

Il veut par un traité cimenter les succès

Que vient de remporter l'audace des Français.

Pour signer cette paix qu'il offre à l'Angleterre

Il fait choix de Thibaut son plus grand feudataire.

Au monarque soumis, Thibaut prend son essor,

Abandonne Lutèce, et se rend à Windsor.

C'est là qu'agent discret d'un roi prudent et sage,

Il songe à s'acquitter de son noble message.

Il voit Plantagenet, ce monarque ombrageux

Qui sous l'éclat trompeur des fêtes et des jeux

S'efforce de cacher le plus honteux des règnes,

Et l'opprobre récent qui flétrit ses enseignes.

Près de son trône assise, une jeune beauté,

Objet de son amour, éclate à son côté :

C'est la fille d'Aimar, l'attrayante Isabelle.

Française, au roi de France obstinément rebelle,

Par son père opulent, comte de l'Angoumois,

Promise à Lusignan qu'autorisoit son choix,

Elle a vu, le jour même où les nœuds d'hyménée

Devoient à ce baron joindre sa destinée,

Le tyran d'Albion, par un rapt odieux,

L'emporter dans les murs qu'élève jusqu'aux cieux

La ville des Normands illustre capitale.

Cette vierge, depuis aux Français si fatale,

Ne l'a point enchaîné par le titre d'époux;

Mais il prétend bientôt former des nœuds si doux.,

Et de Lusignan même apaisant la colère,

Il lui fait de sa honte accepter le salaire.

La beauté, que du trône attendent les splendeurs,

Brûlant de s'élever au faîte des grandeurs,

Applaudit à l'hymen que le roi lui propose;

Mais sa mère en courroux à son désir s'oppose,

5

Et l'on ne conçoit pas d'où lui vient tant d'horreur
Pour ce lien dont l'offre allume sa fureur.
Une cause puissante autant qu'elle est secrète
Lui défend d'accepter ces nœuds qu'elle rejette.

Isabelle unissoit la grace à la beauté;
Cependant de son cœur la froide cruauté
Opprimoit les amans soumis à son empire;
A peine on l'aperçoit, on se trouble, on soupire:
Le jeune homme enchanté la suit, et le vieillard
Vers elle, en s'éloignant, jette un dernier regard;
Le sage en vain combat son ascendant suprême:
Le fervent cénobite en est ému lui-même,
Et les guerriers, loin d'elle, en prenant leur essor,
De son charme enivrant s'entretiennent encor.

L'orgueilleuse déjà, par la plus tendre flamme,
De l'imprudent Thibaut prétend captiver l'ame,
Et veut que ce héros, en trahissant sa foi,
Abandonne bientôt la cause de son roi:

D'abord, applaudissant aux combats pleins de gloire

Qui l'ont fait triompher sur les bords de la Loire,

Elle-même l'invite à dire les succès

Que vient de remporter le monarque français.

Le héros lui répond : « Comment ma voix légère,

Aux récits des combats de tout temps étrangère,

Peut-elle retracer tant d'exploits glorieux?

Ils sont connus d'ailleurs, s'ils n'ont frappé vos yeux,

Vous en êtes instruite, et de la renommée

Les mille voix déjà vous en ont informée. »

« Oui, répond Isabelle, oui, mais tous ces vains bruits,

Semés par les Anglais, par eux-mêmes détruits,

N'offrent de vos exploits qu'une infidèle image.

Jamais à vos succès ils ne rendront hommage :

Nos preux, par vos héros, de la France chassés,

A souiller leur éclat sont trop intéressés.

Cédez, je vous en prie, à mon impatience,

Et Français, racontez la gloire de la France. »

Elle dit : ses désirs pour Thibaut sont des lois;

De Philippe en ces mots il dépeint les exploits :

J'étois dans l'âge heureux où de l'adolescence
La fleur, à peine éclose, échappe de l'enfance.
Dans l'âge où rit l'espoir, disposant de mon sort,
Maître de mes grands biens, avec un doux transport
Je courus à mon roi présenter mes services.
Je voyois sa fortune au bord des précipices ;
Mais la gloire à son glaive enseignoit les chemins
Que l'audace aplanit aux maîtres des humains.
Tours voyoit ce monarque, aux pieds de ses murailles,
Déjà prêt à tenter le destin des batailles
Contre Plantagenet, dont la voix des clairons
Venoit de rassembler les brillans escadrons.
La nuit couvroit les cieux, et de son ombre noire
Enveloppoit la tente où, non loin de la Loire,
Je dormois, quand je crus voir ce fleuve éploré [1]
Sortir, en gémissant, de son gouffre azuré ;
Ses cheveux sur son corps en ondes se déroulent,
Y forment des ruisseaux qui sur ses flancs s'écoulent,

Et vont baigner les fruits, les plantes et les fleurs,

Dont sa verte ceinture entretient les couleurs.

Ses yeux, de pleurs noyés, semblent deux sources vives,

Ses traits sont vaporeux, ses formes fugitives,

Et, s'étalant toujours en leur mobilité,

D'un liquide fantôme offrent l'immensité.

Il me parle, et sa voix ressemble au bruit de l'onde

Qui s'échappe en grondant de sa prison profonde :

« Oh ! viens à mon secours, et chasse un ennemi

« Que l'Océan jaloux sur mes bords a vomi,

« Me dit-il : viens, la Loire à son secours t'appelle ;

« Ma ceinture autrefois se déployoit si belle ;

« Elle tombe flétrie ; on détruit mes guérets,

« On dévaste mes chants, on brûle mes forêts.

« On ose empoisonner mes lacs et mes fontaines ;

« Ah ! contre ces tyrans réunissons nos haines ;

« Je n'ai que trop gémi sous un joug étranger :

« D'un si cruel affront ton roi va me venger ;

« Il va, me délivrant d'un si dur esclavage,

« Triompher des Anglais qui bordent mon rivage ;

« Seconde ses efforts, et mes flots en courroux
« Dans mont lit sablonneux les engloutiront tous. »

Ayant ainsi parlé, sa voix sombre s'arrête ;
Soudain ses bras, son corps, et ses pieds et sa tête
Se confondent entre eux, et forment un chaos
D'écume, de vapeur, de sables, et de flots,
Dont l'amas dans son lit descend en masse humide,
Comme on voit élevés en vaste pyramide
Se dissiper soudain les trombes, les typhons
Qui retombent grondants dans les gouffres profonds.

L'aube à peine a des monts blanchi l'amphithéâtre
Où voltigent les plis de sa robe d'albâtre,
Je m'éveille ; et dans l'air je vois de toutes parts
Albion dans les champs ranger ses léopards.
Tout annonce à mes yeux le combat qui s'apprête.
Comme un vent qui s'élève et prédit la tempête,
Des deux peuples rivaux, l'un de l'autre jaloux,
Un murmure croissant présage les grands coups !

L'airain, des javelots et des piques dressées,

Et le front menaçant des phalanges pressées,

Les casques, les cimiers, dont l'ardent appareil

Renvoie aux cieux les traits lancés par le soleil,

Tous les riches drapeaux, tous les confus mélanges

Des armes distinguant ces diverses phalanges,

Ces longs alignements, ces rangs serrés entre eux,

Ces coursiers qui, tantôt, sous l'éperon des preux,

Voltigent, et du pied, tantôt, frappant la terre,

L'insultent de leurs bonds, et respirent la guerre,

Font naître dans les sens, pénétrés de terreur,

Un plaisir où se mêle une secrète horreur.

Des deux peuples déjà les cohortes rivales,

Que séparent encor de foibles intervalles,

S'avancent, et soudain leurs archers, de plus près,

Comme une grêle affreuse ont fait siffler leurs traits.

L'un sur l'autre bientôt tous ces ennemis fondent;

Leurs bras, leurs boucliers, leurs casques se confondent;

Leur choc résonne au loin : tels deux fougueux torrents,

Terribles, furieux, l'un vers l'autre courants,
Roulent, et se heurtant avec un bruit sauvage,
Confondent leur fracas, leur écume et leur rage.

Mais qui fait fuir ainsi ces Anglais dispersés?
Montmorenci paroît, son fer luit, c'est assez;
Il renverse Bussy qui tombe dans la poudre;
Il a, dans son essor ardent comme la foudre,
Terrassé de son choc et Blifil et Crammer,
Et le riche Glendove, et Norfolk, et Summer;
Sous ses coups furieux tout chancelle, tout plie;
On diroit qu'en frappant son bras se multiplie :
Ainsi par sa vitesse abusant le regard,
La langue du serpent paroît un triple dard.

Mowbay, chef ennemi qui s'est rendu célèbre
En des combats livrés sur l'Escaut et sur l'Èbre,
Voit le héros français, sous vingt coups meurtriers,
Renverser en courant ses plus braves guerriers.
Brûlant de l'immoler, il se consulte, il range

Ses bataillons formés en solide phalange,

Et contre son rival s'élance le premier.

De son casque solide il brise le cimier;

Oh! de quel feu soudain Montmorenci rayonne!

Avec un bruit affreux son armure résonne;

Son panache sanglant s'agite, et dans les airs

Son bouclier vomit de foudroyants éclairs.

Il atteint son rival, le perce de sa lance,

Et telle est de ce coup l'horrible violence,

Que, plongé dans le flanc, ce long fer acéré

En ressort, et de sang tremble encore altéré.

Ainsi qu'environné de farouches molosses,

Un ardent sanglier roule des yeux féroces,

Se hérisse, et présente au chasseur alarmé

L'ivoire furieux dont son mufle est armé;

Ainsi Mowbray combat; presque mort, il menace;

En vain son sang jaillit et rougit sa cuirasse :

Dans toute sa hauteur, soudain développé,

Il apparoît terrible au preux qui l'a frappé;

Mais ce héros sur lui fond comme la tempête ;
Son glaive au fier Anglais soudain tranche la tète,
Qui roule dans les rangs et bondit en fureur ;
Tout fuit, à cet aspect, d'épouvante et d'horreur.

Quand de Montmorenci l'audace martiale
Au flànc droit de l'armée éclate et se signale,
Vers la gauche on distingue un enfant belliqueux ;
Prince aimé des Bretons, il combat avec eux.
C'est Arthur, héritier du trône d'Angleterre,
Qu'a sur lui, par la fraude, usurpé Jean-sans-Terre.
On le voit maintenant, privé du rang des rois,
Au sceptre d'Albion réclamer tous ses droits ;
Mère de cet enfant que son cœur idolâtre,
Constance d'un coursier presse les flancs d'albâtre :
Elle vit pour son fils, pour défendre ses jours,
Et, toujours combattant, le regarde toujours.
Arthur en ce moment s'est armé d'une fronde,
Dont le caillou dans l'air en tournant roule, gronde,
Part, siffle, et sur de Brai s'élance avec la mort ;

De Brai tombe étendu sur la terre qu'il mord.

Des Roche a vu sa chute; il est son frère; il perce

Tous les rangs des Bretons qu'il écrase ou disperse,

Joint le prince au milieu de ses soldats surpris,

Voit Constance éperdue, et, malgré ses longs cris,

Pour immoler Arthur saisit déjà son glaive;

Mais à l'aspect du prince, autrefois son élève,

Il se trouble, il s'arrête, et son cœur a frémi;

Eh! comment l'immoler? Arthur fut son ami.

Sans lui ravir le jour, à le suivre il s'attache;

Il l'atteint, le saisit, à son coursier l'arrache,

L'entraîne sur le sien, part, s'enfuit à l'instant,

Et dans ses bras serrés l'emporte palpitant.

Sa mère, à cet aspect, de colère effarée,

Pâle, les yeux ardents et la tête égarée,

Court, vole, et dans les rangs précipitant ses pas,

Fond sur le ravisseur; mais d'horribles soldats,

L'enveloppant soudain, l'entraînent elle-même,

En vain se débattant, auprès du fils qu'elle aime.

Ainsi que lui bientôt on la charge de fers ;
L'esclavage et l'opprobre à leurs yeux sont offerts.

Philippe cependant, au centre de l'armée
Par son royal exemple au combat animée,
D'un belliqueux transport enflamme tous les cœurs.
Des guerriers qui partout suivent ses pas vainqueurs
L'élite l'environne, et l'observe en silence ;
A peine il a parlé, rapide elle s'élance,
Et porte aux légions son ordre souverain.
Souvent par l'aiguillon il remplace le frein ;
Tantôt développant ses troupes invincibles,
Comme un dragon roulant sur ses orbes terribles,
Il saisit les Anglais surpris et comprimés,
Par de prompts mouvements subitement formés.
Tantôt de son armée, avide de conquête,
Formant un corps léger dont il grossit la tête,
Il s'attache en courant à son fier ennemi ;
Tantôt, quand il le voit dans un poste affermi,
Il feint de redouter le combat qu'il désire,

Se replie avec art, dans un piège l'attire,

Et tout à coup sur lui retombant à la fois,

Toutes ses légions l'accablent de leur poids.

Son centre a-t-il fléchi, c'est l'instant où la gloire

Aux ailes de l'armée attache la victoire;

La fortune volage, et qui cherche à tromper,

A son génie ardent ne sauroit échapper.

De France et d'Albion les puissances rivales

Se disputent long-temps les palmes triomphales.

On voit les fiers Anglais, à la guerre endurcis,

Serrer leurs rangs nombreux, dès qu'ils sont éclaircis :

Murs vivants, qui, brisés par le fer et les flèches,

Se referment d'eux-même et réparent leurs brèches.

Rien n'a pu renverser ces guerriers valeureux...

Avec mes bataillons je combattois contre eux.

Philippe en ce moment... quelle fureur l'anime!

Il sait que des Bretons le prince magnanime

Gémit enveloppé de fers injurieux;

Arthur, l'État, l'honneur, tout est devant ses yeux.

6

Terrible, impétueux, il brise la colonne

Dont le roi des Anglais s'appuie et s'environne.

Par son ordre envoyé, j'ai rallié Beaumont

A de Nesle, à Mareuil, au valeureux Clermont.

Sans moi Tristan mouroit couché sur la poussière;

Je l'arrache au trépas et lui rends la lumière.

Qu'est devenu Destaing? Je le vois, en courant,

Livrer nos ennemis au glaive dévorant.

Sàlsbéry lutte encor; mais enfin tu l'emportes,

Philippe, et des Anglais tu poursuis les cohortes,

Qui partout, en fuyant, jettent leurs étendards.

Alors on ne voit plus étinceler ces dards,

Ces casques, ces écus, ces écharpes superbes,

Où les rayons du jour réfléchissoient leurs gerbes :

On voit tous ces vaincus d'ornements dépouillés,

Et de fange et de sang hideusement souillés.

Partout l'Anglais expire, et partout sa furie

Vend cher, en expirant, les restes de sa vie.

L'un embrasse l'ami qui vient le secourir;

Un autre en sa douleur... Ah ! s'il pouvoit mourir

Il implore un des siens, tend la gorge à son glaive;

L'amitié le poignarde, et la pitié l'achève.

Même, au défaut du fer, on voit des forcenés

L'un l'autre s'attaquant, l'un sur l'autre acharnés,

De leurs ongles sur eux imprimer les outrages,

En déchirer leur sein, en creuser leurs visages;

Se mordre, s'étouffer, de colère hurlants,

Et de leurs bras lassés s'arracher tout sanglants.

Épuisés de fatigue, ils tombent sur l'arène.

On crie, on se débat, on se roule, on se traîne,

On marche sur les corps, on est pressé par eux;

Ce n'est plus un combat, c'est un carnage affreux

Où la rage, en mourant, cède enfin la victoire,

Où des fleuves de sang... et voilà donc la gloire!

C'en est fait, et Philippe a fixé le destin!

La victoire est à lui, son triomphe est certain.

Partout l'Anglais s'enfuit, et la pâle déroute

A nos glaives partout ouvre une large route;

Et, tandis que la Loire aux vaincus, d'une part,

Oppose de ses flots le terrible rempart,

De l'autre, les vainqueurs, armés de leur tonnerre,

Du sang de l'étranger vont abreuver la terre.

Nul n'auroit échappé, si, trahissant sa foi,

Boulogne des Anglais n'eût délivré le roi.

Mais à peine a-t-il vu leurs phalanges captives

Entre nos bataillons et les sanglantes rives

Du fleuve qui s'apprête à les envelopper,

Il leur ouvre un passage et les laisse échapper.

Plantagenet s'enfuit; Salsbéry l'accompagne;

Le malheureux Arthur, prince de la Bretagne,

Entraîné par l'Anglais, avec sa mère, hélas!

Gémit, et vainement la presse dans ses bras.

L'espoir de le sauver, dont tout mon cœur palpite,

M'enflamme; et sur ses pas soudain je précipite

De mon jeune coursier l'impétueux essor,

Qui, propice à mes vœux... Je puis l'atteindre encor,

Me disois-je en courant; et déjà plein de joie,

Au tyran des Anglais j'allois ravir sa proie.

Quand Salsbéri sur moi s'élança courroucé.

Mon fer frappe son casque et retombe émoussé :

Lui, brûlant de fureur, il frémit, il se lève,

Et des flots de mon sang deux fois rougit son glaive.

Tout à coup je sentis mes forces succomber,

Et mes genoux tremblants sous moi se dérober :

Aux pieds du fier Anglais mon corps tombe, et se roule

Dans mon sang, dont la source à gros bouillons s'écoule.

J'expirois ; mais Louis vers moi s'est élancé,

Il a vu mon péril, et n'a pas balancé :

Il fond sur les Anglais ; son belliqueux cortège

M'arrache de leurs mains, m'entoure, et me protège :

Par son ordre, soudain, ses fidèles soldats

M'emportent doucement loin du champ des combats.

D'Albion cependant que deviendra l'armée,

Entre ses ennemis et la Loire enfermée?

Pourra-t-elle éviter son effroyable sort?

Plus d'espoir de salut, tout lui montre la mort.

La Loire a de ses flots entouré ses victimes ;

                                    6.

Des glaives devant eux, derrière eux des abîmes!
Ils tombent tous enfin, pressés par la terreur,
Dans le fleuve, qui rend un bruit rempli d'horreur.
Le fleuve, les couvrant des arbres qu'il arrache,
Des sables qu'il vomit, des roches qu'il détache,
Ouvre les profondeurs de ses gouffres affreux,
Les engloutit vivants, et se ferme sur eux.
Ainsi quand de Satan les troupes criminelles
Tombèrent avec lui des voûtes éternelles
Dans les déserts du vide et du chaos profond,
Ils roulèrent neuf jours dans l'abîme sans fond :
L'enfer entier s'ouvrit, et, rugissant de joie,
En ses gouffres de feux ensevelit sa proie.

Le monarque français au milieu des blessés,
Des morts et des mourants autour de lui pressés,
Prodigue à la douleur les soins qu'elle réclame.
Louis, que l'amitié de son pur zèle enflamme,
Me donne, en gémissant, les plus tendres secours,
Et veut, pour assurer le salut de mes jours,

Que je sois transporté dans cet hospice antique

Dont Robert éleva l'enceinte monastique.

Non loin de Fontevrault, cet asile en son sein

Des épouses de Dieu cache un pieux essaim :

Autour du monastère un bois étend ses ombres ;

Le flambeau de la nuit éclaire ces lieux sombres,

Où mon corps, accablé sous le poids de ses maux,

Presse un lit belliqueux formé par des drapeaux ;

Trois jeunes écuyers, en marchant sur ma trace,

Tiennent mon corselet, mon casque, ma cuirasse,

Et me suivent, remplis de douleur et d'effroi ;

Le brillant Fulgurin, mon noble palefroi,

Qui naguère étaloit, en bondissant sur l'herbe,

L'or et l'éclat pourpré de sa housse superbe,

Triste, les crins pendants, d'ornements dépouillé,

Baisse humblement son front dans la poudre souillé,

Suit mon lit douloureux, et, pour moi plein d'alarmes,

Me regarde en roulant des yeux gonflées de larmes,

Ce souvenir encor me touche et m'attendrit...

Dans la nuit par degrés ma blessure s'aigrit ;

Mais à peine du jour le flambeau se ranime,

Des oiseaux voltigeants le chant doux, unanime,

Le caprice joyeux de l'onde qui bondit,

Bouillonne, et dans sa chute à leurs jeux applaudit ;

Les fleurs aux yeux du jour étalant leurs calices,

Du zéphyr amoureux odorantes délices ;

La rosée en rubis, en émeraude, en or,

Sur elles déployant son limpide trésor ;

Tout cet enchantement, tout ce vague murmure,

Ce bruit harmonieux, concert de la nature,

D'un charme tout nouveau flatte mes sens surpris ;

Je ne sais quel parfum, plus léger que l'iris,

Embaume un air suave et de mon cœur s'empare ;

Que dis-je ? est-ce un prestige, un rêve, qui m'égare

Et séduit un instant mon esprit enchanté ?

J'aperçois tout à coup une jeune beauté

Qui s'avance vers moi de ses femmes suivie,

Me prodigue ses soins et veille sur ma vie !

Interdit, plein de trouble : « O vous ! lui dis-je, ô vous,

« Qui d'un infortuné prenez des soins si doux,

« Répondez, êtes-vous un ange, une mortelle?

« A qui dois-je un bienfait. » C'est un secret, dit-elle :

Attendez seulement; calmez-vous, et goûtez

Le repos nécessaire à vos sens agités.

Elle dit, et sa voix, qu'avec charme j'écoute,

Engage mon escorte à poursuivre sa route.

Une antique abbaye alors frappe mes yeux [1] :

A peine ai-je touché son seuil religieux,

J'entre, et vois sous l'abri de ses vieilles arcades,

S'allonger tristement ses sombres colonnades ;

Je vois son temple orné de gothiques vitraux,

La croix du Dieu sauveur, le marbre des tombeaux :

Je sens partout la paix, le calme, le silence,

Je respire partout l'air de la pénitence :

Je vois un marbre où vit le fondateur du lieu,

Dont l'austère effigie adore encor son Dieu,

Et, le priant encor pour ses saintes vestales,

Pose en croix sur son cœur ses mains sacerdotales.

Tout, dans ce cloître auguste, offre à l'œil attristé
La prière, la mort, le temps, l'éternité;
Et cette enceinte, ouvrant sa retraite profonde,
Semble à l'homme interdit ouvrir un autre monde.
Ainsi la Thébaïde, en ses sables mouvants,
Si long-temps habités par des spectres vivants,
Étaloit du désert le formidable empire
Où triomphe la mort, où la nature expire;
Où le temps, entraînant les hommes sur ses pas,
Répand ces os blanchis, vieux débris du trépas,
Et ne permet de vivre au repentir, qui pleure,
Que pour sentir la mort, et mourir à toute heure.

C'est là qu'en un tranquille et modeste réduit,
· Par la belle inconnue et sa suite conduit,
Je repose; et bientôt j'y vois la foule austère
Des vierges que nourrit ce profond monastère,
S'empresser à l'envi de joindre ses secours
Aux soins de la beauté qui veille sur mes jours.
Celle qui dans ces lieux s'élève au rang suprême,

Baissant un front soumis, la respecte elle-même.

Surpris, je la regarde, et ne puis concevoir

D'où lui vient dans ce cloître un absolu pouvoir.

Mais à quel souvenir mon ame s'abandonne!

Ah! qu'à de vains récits votre bonté pardonne.

Étrangers à Philippe, aux faits d'armes heureux

Qui, dans ces grands combats, ont signalé nos preux;

Pour vous indifférents, je veux, je dois les taire,

Et je vais...—Non, pour moi n'ayez point de mystère!

Vos peines, vos plaisirs, vos succès, vos revers,

Ne me touchent pas moins que vos combats divers :

Parlez; je prends à vous l'intérêt le plus tendre,

Ne me cachez donc rien, car je veux tout apprendre.

Eh bien! je poursuivrai : pardonnez, si mon cœur

Du trouble qu'il ressent n'est pas toujours vainqueur.

Hélas! j'ai tant souffert! je vous peindrai mon ame

S'ouvrant à la douceur d'une imprudente flamme :

Mais pourrais-je exprimer les transports ravissants

Que l'aimable inconnue excitoit dans mes sens?

Auprès d'elle, en parlant, ma voix tremble et s'altère;

Ma main tremble en prenant la coupe salutaire

Dont le breuvage heureux, par elle présenté,

En des flots bienfaisants me verse la santé :

Quelquefois sur un bras, dont je saisis l'albâtre,

J'attache avec transport une bouche idolâtre,

Et j'y laisse imprimés les signes d'un amour

Aussi pur que les feux dont luit l'astre du jour;

Car si l'ame, avec Dieu, monte au séjour suprème,

Dans l'ame, avec l'amour, le ciel descend lui-même.

Tel étoit mon bonheur. Ne désirant plus rien,

Je goûtois ce plaisir, ce charme aérien

Dont le premier mortel ressentit la puissance

Lorsque son cœur encor gardoit son innocence.

L'automne renaissoit : la divine beauté,

Guidant mes foibles pas, marchoit à mon côté.

Par la brise agités, quelques rameaux antiques

M'encensoient du parfum des bois aromatiques

Qu'un ruisseau répétoit dans son brillant cristal :

La vigne en ses replis, méandre végétal,

Enlaçoit les ormeaux et couroit sur les treilles

D'où pendoient ses fruits d'or et ses grappes vermeilles,

Tandis que mille oiseaux, habitants de ces bords,

Formoient, en voltigeant, d'harmonieux accords.

Là, souvent je croyois, loin des terrestres fanges,

Respirer dans les cieux la volupté des anges.

Près d'un être divin, sans projet, sans espoir,

Je vivois, en l'aimant, du plaisir de le voir.

Cependant, de son nom qu'elle s'obstine à taire

Je m'attache, en secret, à percer le mystère,

Je brûlois d'écarter ce voile de mes yeux ;

J'y parvins, non sans peine, et que devins-je, ô cieux !

Ah ! représentez-vous mon trouble et ma surprise,

Quand j'apprends que l'objet dont mon ame est éprise

Est lié, par l'hymen, au destin trop heureux

De l'auguste Louis, ce prince généreux

Qui de son amitié m'a fait goûter les charmes.

Louis fils de mon roi, Louis mon frère d'armes!

Il est son tendre époux; mon cœur déséspéré

A ce coup foudroyant n'étoit point préparé.

Maintenant, puisqu'enfin nul espoir ne me flatte,

Attendrai-je, à ses yeux, que mon ardeur éclate;

Je ne dois plus prétendre à posséder son cœur;

Non, de mes sentiments je me rendrai vainqueur;

Mais, avant qu'à l'honneur sans retour je me livre,

Je veux jouir encor du charme qui m'enivre;

Je veux souvent encore auprès d'elle m'asseoir;

Dans l'air frais du matin, dans les brises du soir,

Respirer le parfum qui de ses longues tresses

S'exhale, quand du vent le souffle et les caresses

En font sur un beau col onduler les flots d'or.

Je sentirai mon cœur battre et s'ouvrir encor

Au son pur exhalé de sa voix angélique.

Je verrai de ses yeux l'azur mélancolique,

Sur l'éclat d'un beau ciel, objet de sa ferveur,

Se reposer long-temps plein d'un calme rêveur.

Mon silence amoureux, mon immobile extase,

Ne révèlera point le doux feu qui m'embrase;

Et quand j'aurai long-temps savouré mon bonheur,

Je fuirai de ces lieux le charme suborneur.

Mes forces renaissoient, et mon ame ravie,

Par un attrait nouveau s'attachoit à la vie;

Je pouvois dans le cloître errer sans les secours

De la jeune beauté qui veilloit sur mes jours.

Et souvent je priois dans cette auguste enceinte

Que le Très-Haut remplit de sa majesté sainte;

Mais dans ces lieux sacrés, au milieu des tombeaux,

Des bannières, des croix, des lampes, des flambeaux,

A travers les vapeurs de la myrrhe allumée

Dont l'encensoir au ciel envoyoit la fumée,

Blanche seule à mes yeux s'offroit; et dans les airs

Sembloit à l'orgue saint mêler ses doux concerts.

Que dis-je? Ah! quand Dieu même, en son vaste édifice,

Sur l'autel au trépas se livre en sacrifice,

Tout à coup à mes yeux le temple s'est voilé,

Les lampes ont pâli, les marbres ont tremblé,

Et le fils du Très-Haut, consommant son martyre,

Sous un voile sanglant se cache et se retire.

Est-ce une illusion de mon esprit frappé?

Je ne sais, mais je fuis, de ce temple échappé,

Je cours, je vois ces forts, ces tours chevaleresques,

Ces bois aventureux, ces sites pittoresques :

Dans mon délire ardent je gravis sur les monts;

Là, comme un homme en proie aux fureurs des démons,

Je m'élançois, courois sur des rochers sauvages;

Je voyois un torrent déchirer ses rivages;

J'aurois voulu le suivre en ses ravins profonds,

Et tomber avec lui dans ses gouffres sans fonds.

Alors je me disois, pensif et solitaire :

« Suis-je un fidèle ami, suis-je un vil adultère?

« Je me sens à la fois criminel, innocent,

« Religieux, impie, ingrat, reconnoissant;

« A la honte, à l'amour, au désespoir en proie,

« J'ai perdu pour jamais la liberté, la joie.

« Quelque succès peut-être un jour m'eût honoré,

« Si ce poison d'amour ne m'avoit dévoré.

« Le bonheur est fécond, le malheur est aride ;

« Rien d'un cœur isolé ne peut remplir le vide.

« Cependant, quelquefois, dans mes fougueux élans

« Je veux me réveiller à la gloire, aux talents,

« Retrouver le bonheur, et ressaisir la vie ;

« Mais mon ame bientôt, à l'amour asservie,

« Retombe en sa foiblesse, et, cédant au malheur,

« Reste éternellement seule avec sa douleur. »

Je m'égare, à ces mots, dans une solitude

Où, portant de mes pas l'errante inquiétude,

Je fuis tous les regards, objets de ma terreur ;

Mais comment fuir mon ame, échapper à mon cœur ?

Interdit, éperdu, formant des vœux sans suite,

Dans les champs, dans les bois précipitant ma fuite,

Je cours, je n'entends rien, ne vois rien, ni des cieux

La foudre qui jaillit, ni les flots pluvieux,

Ni cet astre des nuits comme Blanche insensible,

Comme elle calme et pur, comme elle inaccessible.

Quelquefois, succombant au besoin du repos,
Je dors; un lourd sommeil me verse ses pavots;
Mais l'amour à mon cœur n'accorde point de trève:
Un fantôme adoré me suit de rêve en rêve;
Il me parle; à ma vue il montre incessamment
De ses traits vaporeux le prestige charmant,
Qui, nourrissant les feux dont l'ardeur me dévore,
Me sourit, disparoît, revient, fuit, s'évapore,
Reparoît plein de grace, et de ses yeux confus
Laisse en un doux regard expirer les refus.
Je le presse en mes bras, et tout mon cœur se livre
Avec un doux transport, au charme qui m'enivre;
Mais mon trouble soudain me dérobe au sommeil,
Et mon illusion s'enfuit à mon réveil.

Ainsi, dans les déserts de l'Égypte brûlante [5],
Quand des feux du soleil, la plaine étincelante,
D'une eau trompeuse au loin présente le miroir;
Le voyageur séduit s'en abreuve en espoir,
Et s'attache, en courant, aux illusions vaines,

Dont s'irrite la soif qui brûle dans ses veines.

Ainsi mon ame en proie à sa tendre fureur

D'un songe qui l'abuse en vain poursuit l'erreur.

De mon rêve pourtant, alors que je m'éveille,

Je me rappelle encor l'attrayante merveille,

Et, comme un faon léger s'enfuit blessé d'un trait,

Je m'enfonce au hasard dans la sombre forêt.

Là, triste et plein, du feu dont mon œil étincelle,

Souvent je m'écriois : Ici, seul avec elle !

Pour empire son cœur, pour palais ces déserts !

Ici, ne voyant qu'elle, oublier l'univers !

O bonheur enivrant ! Cette brûlante idée

S'attache avec fureur à mon ame obsédée;

En vain je veux la fuir, et j'en suis poursuivi :

De son charme effrayant, épouvanté, ravi,

J'oublie, en me livrant au trouble qui m'égare,

Quel obstacle de Blanche à jamais me sépare;

Je forme cent projets, cent vœux irrésolus,

Succombe à mes transports, et ne me connois plus.

Enfin, pour éviter mon infortune extrême,
Je songe à m'éloigner de la beauté que j'aime.
Il faut partir, ll faut revoler aux combats;
Mais un ciel menaçant retient encor mes pas;
Et les vents déchaînés, que ma suite redoute,
De la sombre forêt m'ont interdit la route;
Plein d'amour, et séduit par un puissant attrait,
Mon cœur au doux obstacle applaudit en secret;
A triompher de lui, bientôt même il renonce.
De ce cœur agité l'orage en vain s'annonce;
Aux caprices des flots abandonnant mon sort,
Frêle esquif, je me laisse égarer loin du port.
Je livre à l'ouragan mes voiles insensées;
Des songes de l'amour j'enivre mes pensées;
Et déjà l'amitié, l'innocence, l'honneur,
Tous ces purs sentimens, ces gages du bonheur,
Disparoissent auprès du charme qui m'entraîne,
Dût l'objet de mes feux m'accabler de sa haine,
Et me livrer en butte à ses plus froids mépris,
Il connoîtra l'amour dont mon cœur est épris.

Je le cherche à l'instant dans son saint oratoire.

Là le Christ, imité par un pieux ivoire,

Expirant sur la croix, triomphe des enfers;

D'une Bible à ses pieds les feuillets sont ouverts;

J'en approche, et ma main par l'amour égarée

Écrit en frémissant sur la page sacrée :

Priez pour un ingrat dans le crime affermi,

Qui, parjure à l'honneur, et traître à son ami,

Ose en aimer l'épouse, et dont le cœur infame

Ne peut se délivrer de sa funeste flamme.

Alors de ce lieu saint je sors, pâle, éperdu,

Et bientôt je voudrois, à moi-même rendu,

Effacer les aveux tracés par mon délire;

Mais Blanche les connoît, mais Blanche vient de lire

L'écrit qui les révèle à son juste courroux.

Auprès d'elle appelé, je m'y rends; mes genoux

Tremblent, et de mon cœur un trouble affreux s'empare,

Aux reproches sanglans mon ame se prépare;

Mais Blanche me présente un visage serein,

Me presse de la suivre, et, me prenant la main,

Me conduit dans le temple, où luit par intervalles
Une lampe éclairant des pierres sépulcrales.

Le tombeau de Richard, souverain d'Albion [1],
Renfermant sa dépouille et son cœur de lion,
Là, dans la sombre nef, en monument s'élève ;
C'est là que de sa vie il vint finir le rêve.
Là sa mère, autrefois prodige de beauté,
Dans un autre tombeau repose à son côté ;
Sur cette pierre on lit : Haute et puissante dame,
Mère, épouse de rois, Aliénor réclame
L'oubli des maux cruels qu'à la France elle a faits.
Priez Dieu pour son ame, et qu'elle dorme en paix.

Blanche me dit alors : « Vous voyez une reine,
« De l'empire français autrefois souveraine.
« Écoutant de l'amour les sentiments trop doux,
« Elle a trahi la foi promise à son époux :
« Tout le sang dont la France et l'avide Angleterre
« De nos champs dévastés ont arrosé la terre,

« Les assauts, les combats et les embrasements,

« Accusent sa foiblesse et ses égarements.

« Sur elle maintenant son grand forfait retombe;

« Un jugement sévère a pesé sur sa tombe.

« Ah! du ciel irrité fléchissons le courroux;

« Thibaut, priez pour elle, et je prierai pour vous. »

Soudain, se prosternant sur le marbre du temple,

Blanche prie à genoux, et je suis son exemple;

Et le cœur oppressé du poids de mes douleurs,

Je gémis en versant un long torrent de pleurs.

Elle, pour augmenter l'horreur qui m'environne,

A mes sombres pensers dans ces lieux m'abandonne;

Mais je reprends enfin mes esprits égarés,

Et me retrouvant seul en ces réduits sacrés :

Eh bien! des rois éteints sépultures funèbres,

Vieux tombeaux, m'écriai-je, ouvrez-moi vos ténèbres,

J'embrasse vos horreurs; et vous, vous désormais,

Dômes religieux, couvrez-moi pour jamais;

Bientôt je quitterai ma terrestre demeure,

Et lorsque j'entendrai sonner ma dernière heure,

Mon expirante voix, formant un foible son,

De Blanche, au nom du ciel, confondra le doux nom.

Je parlois, quand soudain Blanche à mes yeux éclate.

Son manteau, déployant l'hermine et l'écarlate,

Tombe et flotte à ses pieds en tissus radieux;

D'intrépides soldats rangés devant ses yeux

Forment son belliqueux et superbe cortège.

« Vois, dit-elle, soumis au roi qui les protège,

« S'apprêter aux combats ces soldats éprouvés.

« Comme toi du trépas mes soins les ont sauvés.

« Considère leurs traits et leur noble assurance;

« Tous brûlent de voler au secours de la France.

« Ne les suivras-tu pas? ne sens-tu rien en toi,

« Qui t'excite à venger la cause de ton roi?

« Qu'attends-tu dans ces lieux? quel repos léthargique

« Peut enchaîner encor ta valeur héroïque?

« Vois ce heaume éclatant, ces javelots, ces dards;

« Voilà ton bouclier, voilà tes étendards :

« Tiens, reçois de ma main cette invincible épée,

« Que du sang des Anglais ton audace a trempée;

« Je la donne à Thibaut pour les combattre encor.

« Vers Philippe à l'instant prends un rapide essor :

« Pars soumis à ton prince, à la France fidèle,

« Et deviens des héros le plus parfait modèle. »

Elle dit, et sa voix, organe de l'honneur,

Réveille la patrie et la gloire en mon cœur :

L'amour m'avilissoit, et l'amour en mon ame,

Des plus hautes vertus a ranimé la flamme.

Je m'empare à l'instant de l'héroïque acier,

Qui me rend à l'honneur, et m'y rend tout entier.

Blanche vient de m'armer ; quelle faveur insigne !

Je jure qu'à jamais je vais m'en rendre digne.

Ce glaive que je tiens ne doit plus me quitter;

Il me fait tressaillir, il me fait palpiter,

Que dis-je? ô doux transport ! je vois Blanche elle-même

Me présenter un casque, où cette main que j'aime

Attache et fait flotter un panache éclatant.

Heureux, je m'en saisis, je m'en couvre à l'instant,

8

Et je m'écrie : « Anglais, frémis, ta chute est prête!

« Frémis, ce talisman vient d'ombrager ma tête. »

Vers Philippe, à ces-mots, précipitant mes pas,

Je m'arrache à l'amour, et je vole aux combats.

FIN DU SECOND CHANT.

CHANT III.

ARGUMENT.

Thibaut rejoint l'armée française. — Bienfaits qu'Agnès, épouse du roi, répand dans la Neustrie ; Philippe investit les murs de Rouen. — Desroches lui raconte les circonstances de la mort d'Arthur, assassiné par les ordres de Jean-sans-Terre. — Un arrêt de la cour des Pairs dépouille ce prince de tous les biens qu'il possède en France. — Conquête rapide de toutes les provinces françaises qui appartiennent à l'Angleterre. — Assaut livré à la ville de Rouen ; prouesses de Montmorenci et de Salsbery. — Prise de la ville. — Vision horrible de Jean-sans-Terre ; il se sauve de Rouen et s'embarque pour l'Angleterre.

CHANT III.

J'ai quitté Fontevraut, j'ai fui l'heureux séjour,
Où mon cœur a connu le charme de l'amour,
Et je vole à présent vers la brillante armée
Qui poursuit les Anglais, dont la troupe alarmée
Rassemble dans Rouen tous ses guerriers épars,
Et s'apprête à combattre au sein de ses remparts.
Le monarque français, déjà sous leurs murailles
Fait resplendir aux yeux l'appareil des batailles,
Et déjà ses guerriers.... Ils sont là, je les vois!
Je m'entends appeler par mille et mille voix,
Et Louis, le premier, Louis avec ivresse
S'élance dans mes bras et dans les siens me presse;
Il me conduit soudain vers le roi, dont l'accueil
Sourit à mon courage et plaît à mon orgueil.

Épouse de Philippe, Agnès de Méranie,

8.

Par le plus tendre hymen à ce monarque unie,

Reposoit dans sa tente, assise à son côté.

Tant de grace jamais n'orna tant de beauté.

Elle occupe le rang de la triste Isembure,

Reine qui, d'un divorce ayant subi l'injure,

Dans un cloître gémit de ses affronts cruels,

Et va s'unir à Dieu par des nœuds éternels.

Les biens que de ses mains répand en abondance

Agnès, des malheureux seconde providence,

Font adorer son cœur et ses rares vertus.

Délivrés des fléaux, par elle combattus,

Tous les Français, partout où leur reine se montre,

Avec un doux transport volent à sa rencontre;

Partout les malheureux, qui composent sa cour,

Font entendre des cris d'allégresse et d'amour.

Ainsi, quand du printemps les fertiles ondées

Ont prodigué leurs flots aux plaines fécondées;

A l'aspect du soleil l'arbre se réjouit,

La pelouse s'étend, la fleur s'épanouit;

Partout sur les buissons la limpide rosée

En prisme, au feu du jour, luit métamorphosée;

L'écharpe aux sept couleurs enveloppe un ciel pur,

Et le printemps s'assied sur un trône d'azur.

Mais, comme le soleil brille en un jour d'orage,

La reine, quelquefois, se couvre d'un nuage;

Et quelquefois, pareille aux anges radieux,

Elle répand ses dons et disparoît aux yeux.

Ceux dont sa bienfaisance adoucit la misère

L'ont surnommée entre eux la dame du Rosaire,

Car le pieux rosaire où pend l'or d'une croix,

Quand elle se déguise, éclate sous ses doigts.

Plus d'avide exacteur; plus d'amère souffrance

Pour ceux dont sa bonté ranime l'espérance.

Que de bienfaits sur eux par elle accumulés!

Hospices, temples saints, prisons, cloîtres, parlez;

Montrez l'épidémie exhalant dans la plaine

Tous les maux enfantés par son impure haleine;

Tandis qu'à ses progrès opposant mille efforts,

Sous des toits empestés, sur des monceaux de morts,

Agnès, par des secours constants et magnanimes,
Au fléau destructeur arrache ses victimes.

Elle se cache en vain sous mille noms divers,
Et sur elle, bientôt, tous les yeux sont ouverts.
La reine est reconnue, on l'entoure, on s'étonne;
Une chaîne d'amour la presse et l'environne.
Pour peindre ces tableaux où trouver des couleurs?
On la porte en triomphe; on la couvre de fleurs;
Ce ne sont plus des cours les perfides louanges;
C'est le cri du bonheur, la volupté des anges.
Agnès, pour échapper aux regards satisfaits,
Cherche encore à voiler ses modestes bienfaits;
Sa bonté, s'alarmant de se voir reconnue,
Ainsi que la beauté qui rougit d'être nue,
Des cris reconnoissants veut tempérer l'ardeur,
Et s'embellit encor de sa noble pudeur.
Mais elle ne sauroit échapper à sa gloire,
Et tous les malheureux ont gardé sa mémoire.
Dans l'heureuse Neustrie il n'est point de hameaux

Dont ses généreux soins n'aient dissipé les maux.

L'écho redit partout au rocher solitaire

Les dons qu'a répandus la dame du Rosaire;

Le ministre du ciel, armé de l'encensoir,

Lorsqu'au temple entonnant la prière du soir,

Il joint le nom d'Agnès aux augustes mystères,

Fait palpiter encor les filles et les mères;

L'ermite du vallon, sur une roche assis,

En parle encore au pâtre, en ses pieux récits,

Et la vierge, attentive à l'histoire touchante,

Adore encor d'Agnès la bonté qui l'enchante.

Philippe, cependant, investit sans délais

La rebelle cité qui, livrée aux Anglais,

Oppose à ses efforts cent machines guerrières,

De la fière Albion puissants auxiliaires.

Ce héros, pour dompter ses rebelles vassaux,

Déjà presse le siège, et s'apprête aux assauts.

Par ses ordres, les pins sous l'effort des cognées,

Tombent dans les forêts, de leur chute indignées;

Déchirés par les coins, mutilés par le fer,
Sous les coups des marteaux tonnant partout dans l'air,
Ils gémissent; ici, la scie entre et se plonge
Dans le sein frémissant de l'arbre qu'elle ronge,
Et la hache, plus loin, fend les bois résineux,
Dont son acier tranchant fait retentir les nœuds.

Des machines bientôt l'effrayante menace
Monte, élevée en tour, étendue en terrasse;
Et déjà des forêts le lugubre séjour,
D'ombrages dépouillé, s'ouvre à l'éclat du jour :
Plus de bois ténébreux, plus de retraites sombres;
Le monarque français a dissipé leurs ombres.
Ainsi, quand l'ignorance et ses vaines terreurs,
Couvrant d'obscurités un siècle plein d'erreurs,
Étouffent des vertus les semences fécondes,
Et plongent dans les cœurs des racines profondes;
D'un génie inspiré le pouvoir souverain
Y porte la lumière, et, l'éclairant soudain,
Détruit des préjugés les ombres qu'il redoute,

A la saine raison partout fraye une route,

Façonne les esprits, et leur fait recevoir

Les fôrmes du talent, des mœurs, et du savoir.

Mais, pendant que Philippe en hâte se dispose ¹

Aux belliqueux travaux que son cœur se propose,

D'un grand événement le bruit inattendu,

Dans le camp des Français, la nuit s'est répandu !

J'entends un grand tumulte ; effrayé je me lève ;

Au hasard en courant ma main saisit un glaive ;

Je marche vers les lieux d'où s'élancent les cris,

J'arrive : quel tableau frappe mes yeux surpris !

Un enfant, que l'on dit immolé par un crime,

Près d'une femme, hélas ! autre foible victime,

Sur un lit belliqueux s'offre à mes yeux placé,

Mort, comme elle immobile, et par elle embrassé.

O douloureux objets pour mon ame attendrie !

Je reconnois Arthur et sa mère chérie,

Qu'un crime affreux... Mais non, je ne vous dirai pas

Ce qu'on a raconté de ce double trépas.

Eh! comment réveiller un souvenir funeste?

Faut-il, agent de paix, que ma voix manifeste

Un horrible complot, qu'on prétend dirigé

Par un roi, dont l'amour de vous encouragé,

Va des reines bientôt couronner la plus belle,

Et bientôt à vos pieds... « Non, répond Isabelle,

« Non, sur vous à présent si j'ai quelque pouvoir,

« Ne me déguisez rien, car je veux tout savoir;

« Plus que vous ne croyez, je désire connoître

« Ce triste événement qui m'importe peut-être;

« Peut-être en m'instruisant sur cette double mort,

« Le récit que j'attends va décider mon sort. »

Eh bien, vous l'ordonnez, je poursuivrai, madame;

Et vous développant une odieuse trame,

Je vais, quoiqu'à regret, me soumettre à vos lois.

Les deux infortunés portés, sur un pavois

Tristement éclairé par des torches funèbres,

Sont aux yeux de Philippe offerts dans les ténèbres;

« O malheureux Arthur! ô déplorable sort!

« Dit ce prince en courroux ; je vengerai ta mort : »

Quand tout à coup, perçant la foule rassemblée,

Un homme, l'œil ardent, la tète échevelée,

Pâle, et le cœur saisi de douleur et d'effroi,

S'élance impétueux, et tombe aux pieds du roi ;

Il s'écrie : « Ah, seigneur ! je viens à vos reproches

« Livrer trop tard, hélas ! l'infortuné Desroches,

« Commandant de la ville et du fort assiégé.

« Par l'ordre de mon roi, j'allois être égorgé :

« Je l'ai fui ; mais, craignant votre vertu rigide,

« Je tremble, et n'ose encor placer sous votre égide

« Un coupable sauvé du trépas qui l'attend. »

Philippe le rassure, et le presse à l'instant

De parler, d'expliquer le trouble qui l'égare.

Il poursuit en ces mots : « Un monarque barbare...

J'ai tout vu, j'ai tout su, je dirai tout : mes yeux

Ont vu les attentats d'un monstre furieux ;

Il m'a rendu moi-même instrument de son crime ;

Il m'a voulu forcer à frapper sa victime.

Sa victime est Arthur : enveloppés de fers
Ce beau prince et Constance au tyran sont offerts ;
Les voyant, il s'écrie « Ah ! voilà de mon titre,
« De mes droits, de mon rang, voilà l'auguste arbitre.
« Je puis, si je le veux, au culte des autels
« L'engager à l'instant par des nœuds éternels ;
« Mais de mon souverain vassal traître et parjure,
« Si je lui fais subir cette mortelle injure,
« Pourrai-je à sa fureur échapper désormais ?
« Je le sens trop, son cœur ne l'oublieroit jamais.
« Eh bien ! pour éviter le sort qu'il me préparé,
« De sa mère et des siens, gardes, qu'on le sépare ;
« Et que ce roi puissant, qui menaçoit mes jours,
« Soit dans la tour du fort enfermé pour toujours. »

A cet ordre, Constance, égarée, interdite :
« Grand Dieu ! quoi ! vous osez ; quoi ! votre cœur médite.
« Barbare, ah ! pouvez-vous livrer au coup mortel
« Votre fils ?... car il l'est en présence du ciel ;
« Il l'est par votre choix. N'avez-vous pas vous-même,

« Adoptant cet enfant sur les fonts du baptême,

« Juré d'être à la fois son père et son soutien?

« Si vous le repoussez, vous n'êtes plus chrétien.

« Mais des siens à vous perdre il excite la haine,

« Direz-vous; eh! seigneur, il se connoît à peine;

« A-t-il pu de la haine allumer le flambeau?

« J'ai tout fait; plongez-moi dans la nuit du tombeau!

« C'est moi seule, c'est moi dont les cris et les larmes

« Du monarque français ont imploré les armes,

« Et tourné contre vous ses rapides exploits.

« Pour protéger mon fils, pour défendre ses droits,

« Pouvois-je moins tenter, dans l'ardeur qui m'anime?

« D'une mère à vos yeux si l'amour est un crime,

« Je me livre à vos coups ; mais mon Arthur, hélas !

« Pourquoi l'envelopper des pièges du trépas?

« Que craignez-vous de lui? ce château l'environne ;

« Il est entre vos mains; vous portez sa couronne :

« Régnez, auprès de vous enchaînez tous ses pas;

« Mais que je puisse encor le presser dans mes bras ;

« Que sa présence au moins ne me soit pas ravie;

« Que surtout, ah ! surtout qu'on respecte sa vie,

« Et je croirai des cieux posséder le bonheur.

« Mais ce n'est point pour moi, non, c'est pour vous, seign

« Que j'implore à vos pieds cette faveur suprême :

« J'espère, je prétends vous sauver de vous-même,

« Prévenir un forfait, qui, souillant votre main,

« Feroit de vous l'effroi, l'horreur du genre humain !

« C'est à régner en paix que vos désirs prétendent;

« Eh bien, l'enfer est là : ses tourments vous attendent:

« Pour mieux vous abuser, l'enfer se cache encor

« Sous l'éclat de la pourpre, et sous les sceptres d'or ;

« Mais le crime commis, vous perdez tout; vos fêtes,

« Vos palais, vos flatteurs, et l'erreur où vous êtes;

« Et le trône, où la mort vous frappera bientôt,

« D'un monarque assassin deviendra l'échafaud.

« Il en est temps encore, évitez ce supplice;

« Que par mes pleurs ému votre cœur s'amollisse!

« Je me jette à vos pieds, j'embrasse vos genoux. »

Mais Arthur indigné : « Ma mère, levez-vous !

« C'est à lui, dont le ciel saura punir l'audace,

« De venir à mes pieds me demander sa grace :

« Oui, tyran, c'est ainsi qu'à toi je me soumets;

« Tu peux m'assassiner, mais m'avilir, jamais. »

Il dit : ces mots remplis d'un généreux courage

Du tigre furieux ont redoublé la rage :

Ses ordres sont donnés; soudain par des soldats

Constance a vu son fils arraché de ses bras :

Alors, avec transport, se jetant sur la pierre,

Se meurtrissant le sein : « Dieu ! que fait ton tonnerre?

« Tu permets ses fureurs, tu n'y mets pas un frein !

« Et voilà des Anglais l'auguste souverain !

« Mais le suprême rang que sa fierté s'arroge

« N'est-il pas à mon fils, à moi qui l'interroge ?

« Cette pierre est mon trône; approche, réponds-moi,

« Et frémis en voyant la mère de ton roi !

A ces mots, le tyran pâlit, tremble; et ce traître

A cru devant son juge un instant comparoître,

Toutefois, de son cœur au remords étranger,

9.

Il écarte bientôt ce trouble passager,

Et s'apprête à sortir, mais Constance éperdue...

Elle court, elle tombe à ses pieds étendue :

« Ah ! seigneur, excusez un douloureux transport;

« Grace pour mon enfant ! Si jamais... si sa mort...

« O mon fils ! mon cher fils, quel sort on te prépare ! »

Tandis qu'elle se livre à l'horreur qui l'égare,

Plantagenet, malgré ses cris longs et perçants,

Sort, et la laisse en proie au trouble de ses sens;

Bientôt l'infortunée en a perdu l'usage;

La pâleur de la mort a couvert son visage,

Et quand, se ranimant, ses yeux s'ouvrent au jour,

De la ville chassée, elle aperçoit la tour

Qui, prison de l'État, au gré d'un prince inique,

Dans un profond cachot retient son fils unique :

Cet objet dans ses sens jette un trouble nouveau.

Peut-être de son fils son œil voit le tombeau;

Mais n'importe; elle y court, et son ame éperdue

A ce fatal objet semble être suspendue.

Là, sans cesse elle pleure. Ainsi, sur un ormeau,

Philomèle, toujours fidèle à son rameau,

Regrette ses enfants, frêle et tendre couvée

Qui, sans plumes encor, de son nid enlevée,

Fut pour jamais, hélas! ravie à ses amours;

Ses lamentables chants, qu'elle redit toujours,

Dans les bosquets, témoins des maux qu'elle déplore,

Attendrissent l'écho, qui les redit encore.

Pendant que sa douleur se perd en vains éclats,

Plantagenet médite un horrible trépas,

Et se flatte, immolant sa royale victime,

D'écarter loin de lui tous les soupçons du crime.

C'est moi-même qu'il veut armer de sa fureur,

Et qu'il prétend charger de la publique horreur.

Contre le prince, auteur du trépas de mon frère,

Il a vu bouillonner mon ardente colère,

Et lui-même à l'instant l'a mis en mon pouvoir;

Mais par d'autres moyens il prétend m'émouvoir.

Il possède une sœur que mon cœur idolâtre;

Mon amour insensé, constant, opiniâtre,

Jamais d'aucun espoir n'a flatté mes désirs ;

Feignant de consoler mes tendres déplaisirs :

« Ne crains pas de chérir un cœur inexorable ;

« Je la rendrai, dit-il, à tes vœux favorable.

« Tes vœux ne seront point exaucés à demi ;

« Je ferai tout pour toi, pour mon plus tendre ami :

« Mais il faut que toi-même, embrassant ma défense...

« M'es-tu bien dévoué? — Ce doute est une offense;

« Nos liens sont sacrés. — Je vais m'ouvrir à toi,

« Et cependant je crains... — Soyez sûr de ma foi,

« Et chassez le soupçon dont mon ame est blessée.

« — Ah! que ne peux-tu lire au fond de ma pensée!

« — Ouvrez-moi votre cœur. — J'y consens, tu le veux.

« — Parlez, et de mon roi je remplirai les vœux.

« — Eh bien! je hais Arthur, ce traître, dont les armes,

« En immolant ton frère, ont fait couler tes larmes :

« Arthur est dans tes mains; tu veilles sur la tour

« D'où ce serpent sur moi peut s'élancer un jour :

« Conçois-tu les dangers que mon ame redoute!

« Il faut m'en préserver; tu m'entends? — Oui, sans doute.

« Je saurai , croyez-moi , dans la captivité

« Tenir incessamment ce perfide arrêté ;

« Je réponds que ses fers.—Sa mort.—Eh quoi!—Sur l'heure

« Je la veux ; obéis : mon salut veut qu'il meure ;

« Tu m'aimes ; cette nuit, ayant porté les coups,

« Viens , ton amante est prête, elle attend son époux. »

Je balançois encor ; cet espoir me décide ;

Je brûle de former mon hymen homicide :

Ma bouche a tout promis, tant mes désirs puissants

'Par un charme rapide ont entraîné mes sens.

Quel prix on me promet ! O femme enchanteresse !

Quoi ! bientôt je pourrai, plein d'une heureuse ivresse...

Dieu ! comme dans mon sein l'attrait de mon bonheur

A coups précipités fait palpiter mon cœur !

J'avance, et tout à coup j'hésite, je m'arrête ;

Je songe à quel forfait mon lâche cœur s'apprête.

Ainsi frémit, voyant un gouffre inattendu,

L'homme qui sur le bord demeure suspendu.

Je me peins cet enfant qui d'une amitié vive

Autrefois m'a montré l'expression naïve;

Et maintenant mon cœur peut se déterminer...

Ah! pour ne l'aimer plus, faut-il l'assassiner?

Quelquefois, succombant au remords qui me ronge,

Je crois mes sens troublés par un horrible songe

Dont la noire vapeur m'obsède et me poursuit.

Du palais du tyran je sors : déjà la nuit

Sur les murs du château jette ses tristes voiles;

C'est l'heure où la magie obscurcit les étoiles,

Fait tressaillir la terre, et, dans les noirs tombeaux,

Des cadavres sanglants ranime les lambeaux;

C'est l'heure où l'assassin, dans les antres funèbres,

Vient, près des loups hurlants, rôder dans les ténèbres.

La nature à mes yeux se trouble et se confond;

Partout dans le château règne un calme profond.

Seul, et le cœur en proie à mes lâches furies,

Je traverse, en marchant, de vastes galeries;

Leurs marbres sous mes pieds résonnent sourdement.

Ciel! un glaive à mes yeux éclate en ce moment!

Veut-on m'assassiner? Non, ma terreur extrême

Vient d'abuser mes sens : l'assassin, c'est moi-même ;

Moi qui me fais horreur : ô Dieu ! qu'ai-je promis ?

Immoler un enfant à ma garde commis !

Un prince infortuné dont je plains la misère,

Dont cent fois j'ai reçu le tendre nom de frère.

Ai-je pu m'y résoudre ? ai-je dû... Mais ma voix

A promis au tyran d'exécuter ses lois ;

Mais je ne puis dompter l'amour qui me dévore :

Que dis-je ? est-il permis de balancer encore ?

Confident d'un secret qui me fait frissonner,

A mes regrets tardifs puis-je m'abandonner

Sans armer contre moi mon barbare complice ?

Il faut que le forfait à l'instant s'accomplisse.

Ivre des voluptés que l'amour me promet,

Je m'élance à la tour ; je monte à son sommet,

J'ouvre un affreux donjon, et, sous des voûtes sombres,

Au reflet d'un flambeau qui fait trembler leurs ombres,

Je lance au jeune prince un sinistre regard :

Soudain pour l'immoler saisissant mon poignard :

« Enfant, préparez-vous.—A quoi ?—Ce fer l'annonce.

« —Veux-tu m'assassiner?—Ce fer est ma réponse.

« —D'où vient cette fureur? ami, que t'ai-je fait?

« —Ne m'interrogez pas.—Peux-tu par un forfait...

« Tu ne m'écoutes point; ah! mon tyran peut-être

« T'a demandé ma mort. » A ces mots il arrête

L'acier qui dans ses flancs va plonger le trépas,

Et s'écrie : « Ah! pour moi je ne t'implore pas ;

« Mais, en m'assassinant, tu poignardes ma mère.

« —Non, je poignarde en vous l'assassin de mon frère,

« Du malheureux de Brai, par vos coups abattu!

« —Ton frère? au champ d'honneur mon bras l'a combattu ;

« Et tu veux au trépas me livrer par un crime!

« Toi, chevalier français, toi, guerrier magnanime!

« D'un si noir attentat, quoi! tu te souillerois! »

Pendant qu'il parle ainsi, le trouble de ses traits,

Que naguère animoit une grace naïve,

Pleins d'une horreur subite, affreuse, convulsive ;

Son bras tendu, roidi, par un subit effort,

Pour écarter le fer, et repousser la mort ;

Cette voix, cet accent, cette humide paupière ;

Cet enfant qu'on croiroit l'ange de la prière,

Implorant un démon, dont la noire fureur

L'entraîne dans l'enfer, et le remplit d'horreur;

Enfin, pour protéger des jours pleins d'innocence,

Tout ce que la nature assemble de puissance

Vient ajouter encor à mon trouble croissant.

En voyant à mes pieds ce prince adolescent,

Quelle pitié succède au transport qui m'anime!

Je n'ose déjà plus regarder ma victime,

Qui me dit « Songe au temps où surveillant tes jours,

« Dont une fièvre ardente alloit finir le cours,

« Te prodiguant mes soins, et penché sur ta couche,

« Pour calmer tes douleurs j'offrois seul à ta bouche

« La coupe salutaire à ta vie en danger :

« Celui qui te sauva, pourras-tu l'égorger? »

A ma tremblante main le fer alors échappe :

Je m'écrie en pleurant : « Vis, et punis-moi; frappe,

« Donne-moi ce trépas que j'allois te donner;

« Frappe, jamais ton cœur ne doit me pardonner! »

10

A peine ai-je parlé, dans mon sein qui palpite,

Le prince, eu m'embrassant, vole et se précipite;

Alors on n'entend plus que des cris, des sanglots :

Des larmes de nos yeux s'écoulent à grands flots,

Lorsque du noir cachot soudain la porte s'ouvre.

O! quel spectacle horrible aux regards se découvre?

Quatre assassins cruels par le tyran payés

Apparoissent ensemble à mes yeux effrayés!

Plantagenet conduit cette effroyable bande.

Lui-même surveillant le meurtre qu'il commande :

Frappez, s'écrioit-il d'un accent plein d'horreur,

Immolez cet enfant, et servez ma fureur!

Mais bientôt son espoir à la crainte a fait place :

Je sens se ranimer mon intrépide audace;

Terrible, et reprenant mon homicide acier,

De ces vils assassins je perce le premier;

Je fonds sur l'autre, et plein du courroux qui m'embrase,

Sous mes pieds furieux le renverse et l'écrase;

Moi-même cependant foible, et d'un coup percé,

Par l'un de ces brigands je chancèle blessé.

Arthur, à cet aspect, veut prévenir sa perte,

Et franchissant le seuil de la porte entr'ouverte,

Va de l'horrible tour descendre les degrés,

Quand voyant des soldats, de carnage altérés,

Qui gardent ce passage... Il fuit leur violence,

Et du haut de la tour par un créneau s'élance

Sur la terre, où bientôt, meurtri, défiguré,

Pâle, de roche en roche en tombant déchiré...

J'ai vu l'infortuné se traîner dans la plaine.

J'ai vu, poussant des cris, tremblante, hors d'haleine,

Et les cheveux épars, une femme... Grand Dieu !

Ah ! viens dire à ton fils un éternel adieu,

Malheureuse Constance ! Inconsolable mère,

Elle n'a point quitté, dans sa douleur amère,

Depuis que tant de maux ont troublé sa raison,

Le pied de cette tour, effroyable prison,

Où son fils innocent fut plongé par un traître !

Quèl noir pressentiment dans son cœur vient de naître !

Elle approche, elle voit... ô surprise, ô terreur !

Ses cheveux sur son front se hérissent d'horreur ;

Aucun gémissement ne trahit ses alarmes ;

La douleur en ses yeux a dévoré ses larmes ;

Elle ne parle pas, ne voit pas, n'entend pas ;

Sa vie est immobile, et ressemble au trépas.

Ainsi qu'une bacchante en bronze retracée,

Elle paroît d'horreur pâle, froide et glacée :

Vers elle, en expirant, son fils tourne ses yeux ;

Par un dernier regard il lui fait ses adieux.

A peine la lumière à ses yeux est ravie :

« Mort!..» dit-elle, et soudain elle tombe sans vie!

Ainsi j'ai vu périr ce couple infortuné.

Desroche alors se tait : Philippe consterné,

Gémit, verse des pleurs ; mais que sert d'en répandre?

O malheureux Arthur ! pour consoler ta cendre,

C'est du sang qu'il te faut : que de sang va couler!

Tremblez, murs ennemis, vos tours vont s'écrouler!

Plantagenet perdra son coupable refuge ;

Dans chacun de ses pairs il trouvera son juge.

Philippe en un pompeux et terrible appareil,

À de ses grands vassaux rassemblé le conseil;

Lui-même il le préside, et ce conseil déclare

Que de Plantagenet la vengeance barbare

Au prince des Bretons a donné le trépas.

Pour se justifier, là ne comparoît pas

Des enfants d'Albion le monarque homicide;

Et du grand tribunal la voix enfin décide

Que ce roi, résistant au décret solennel,

Par sa coupable absence est jugé criminel.

L'irrévocable arrêt lui ravit son domaine,

Que composent l'Anjou, la Neustrie et le Maine,

Et la riche Touraine, et les bords Aquitains

Soumis par l'Angleterre à ses heureux destins;

Tout à coup, secondant la fureur qui l'anime,

Les divers lieutenants de mon roi magnanime

Vont de Plantagenet conquérir les cités,

Et trouvent, contre lui tous les cœurs irrités :

Tant d'Arthur immolé l'assassinat infame

Des peuples et des grands vient de révolter l'ame!

Dieu lui-même aux Français dirigés par sa main

Sembloit de la victoire aplanir le chemin ;

Là, Destaing contre Angers fait marcher ses cohortes,

Et de Mortagne ici Tristan brise les portes ;

Plus loin, brave Mareuil, on voit de toutes parts

Dans les champs du Berry voler tes étendards ;

Le Mans de Saint-Vallier n'attend point les menaces :

L'ombre de nos drapeaux triomphe de vingt places.

Melun, Beaumont, de Nesle, et Clermont, et de Blois

Dans la belle Touraine étendent leurs exploits ;

L'Anjou livre partout ses châteaux à nos princes :

C'en est fait, et la France, en toutes ses provinces,

Au monarque français n'offre aucune cité

Qui lui ferme ses murs, Rouen seul excepté.

Rouen, contre Philippe ose lutter encore :

Mais ses palais pompeux qu'un riche éclat décore,

Et ses épais remparts, ses murs audacieux,

En vain lèvent leurs fronts qui montent jusqu'aux cieux.

Ici d'un globe ardent la phalarique armée

Part, s'élance, pareille à la torche enflammée,

S'attache aux toits, aux tours, par ses flammes surpris,

Et dans ses tourbillons entraîne leurs débris.

Là, d'un mur assiégé la baliste s'approche,

Prête à faire voler de grands quartiers de roche,

Et ces cailloux sifflants, noirs orages formés

De la pierre en débris dont ses bras sont armés.

Terrible, et décochant sa flèche sanguinaire,

La catapulte au loin gronde comme un tonnerre;

Le bélier bondissant tombe à coups redoublés

Sur le mur et la tour en leur base ébranlés.

Ils croulent, et leur chute ouvre une brèche immense.

Le roi veut que l'assaut dans cet instant commence.

Cependant Salsbéry porte partout ses pas,

Et couronne les murs d'intrépides soldats.

A ses yeux surveillants aucun danger n'échappe :

Là, remplaçant un mur qu'a renversé la sape,

Paroît un mur nouveau par son ordre élevé.

Ici mille soldats, d'un courage éprouvé,

Bravant le trait, la pierre, et le fer, et la flèche,

En cordon belliqueux s'étendent sur la brèche.

D'autres, qui des palais arrachent les lambris,

Sur d'épais bataillons en jettent les débris,

Tandis que des écus l'airain qui se rassemble,

Protégeant les Français unis, serrés ensemble,

Oppose un toit mobile aux glaives acérés;

Des échelles bientôt ils montent les degrés,

D'une grêle de coups affrontent la tempête,

Et déjà du rempart leur main saisit le faîte :

Mais quoi! Montmorenci sera-t-il devancé?

Non, déjà sur le mur ce preux s'est élancé.

Tel on représentoit le terrible Encelade,

Géant qui de l'Olympe entreprit l'escalade,

Et contre tous les dieux, de sa force alarmés,

Dressa ses mille bras de mille traits armés.

Tel, aux Anglais surpris n'accordant point de trèves,

L'ardent Montmorenci semble agiter cent glaives,

Tant il frappe des coups rapides et pressés!

Déjà, sur des monceaux de morts et de blessés,

Des Anglais effrayés il renverse la foule.

Un dragon sur son casque en orbes se déroule,

Pareil au signe ardent déployé dans les cieux.

L'intrépide baron s'avance furieux.

Bientôt sur le plateau d'une immense terrasse,

Qui vient s'unir au mur et domine la place,

Il marche, et, le premier, d'audace étincelant,

Aux Français belliqueux fraie un chemin sanglant.

Une foule ennemie à ses pieds soudain tombe,

Comme aux autels païens une immense hécatombe;

L'un se débat mourant, l'autre tombe immolé;

Un autre, sur le mur où sa tête a volé,

Roule aux pieds du héros que le carnage enivre.

D'Essex, quelle imprudence à ses armes te livre!

Il te jette expirant du sommet des remparts;

Il fend le corps d'Young en deux horribles parts;

Du malheureux Vorcestre il ouvre les entrailles :

Morgan blessé s'enfuit, hurlant, sur les murailles,

Et bientôt, de son chef inébranlable appui,

La troupe du héros vole, et se joint à lui.

Des assiégés vaincus la timide phalange

Sur l'autre mur alors en désordre se range ;

Un fossé du premier sépare le second,

Et présente au vainqueur son abîme profond.

Comment le traverser ? l'osera-t-il ? Que dis-je ?

De l'un à l'autre mur (ô surprise ! ô prodige !) ⁵,

D'un saut impétueux, il s'élance, et dans l'air

Apparoît aux Anglais comme un rapide éclair,

Ou comme resplendit, tout prêt à se dissoudre,

Un nuage sanglant embrasé par la foudre !

Alors, plein d'un courroux encore inassouvi,

Sans même regarder si les siens l'ont suivi,

S'il peut combattre seul contre une foule immense,

Du rempart envahi dans la ville il s'élance :

Tout tremble à son aspect, et frémissant d'horreur

L'ennemi n'ose plus affronter sa fureur.

Mais quand l'anglais partout fléchit devant son glaive,

Au nord de la cité quel tumulte s'élève ?

Là, des feux que l'argile enferme dans ses flancs,

Épanchent l'incendie à flots étincelants.

Par le soufre et la poix la flamme condensée

Fond sur les assiégeants comme une hydre élancée.

Voilà ce feu cruel, ce feu toujours ardent,

Que, pour exterminer les fils de l'Occident,

Un démon composa dans cette Asie altière,

Quand l'Europe en son sein descendit tout entière !

On dit qu'on a vu même en d'affreux tourbillons

Dont les feux dévoroient nos plus fiers bataillons

Mélusine apparoître, implacable furie !

Ce vaste embrasement repaît sa barbarie ;

Elle répond dans l'air, par ses cris triomphants,

Aux hurlements sortis de ces feux étouffants.

Cependant sur les murs le trait siffle, et la pierre

Lance à nos escadrons sa grêle meurtrière ;

La phalarique y joint son homicide effort ;

De grands ongles de fer, autre arme de la mort,

Du monarque français dévastant les phalanges,

Emportent dans les airs d'effroyables mélanges

De coursiers, de guerriers, et d'armes en débris.

Mais, sous leurs boucliers se formant des abris,

Les assiégeants, couverts du toit de la tortue,

Par la pierre et les traits vainement combattue,

Élèvent sur les murs leur essor indompté :

Le monarque lui-même à leur tête est monté.

Là, de Nesle et Tristan, chevaliers magnanimes,

L'un par l'autre excités... c'est toi qui les animes!

Fier instinct de l'honneur; l'Anglais qui se défend,

Recule repoussé par leur bras triomphant;

Quand des murs ébranlés un long pan qui s'écroule

Tombe, et d'affreux débris couvre une immense foule

D'infortunés Français écrasés sous son poids.

Sous l'énorme ruine, engloutis à la fois,

Cent preux ont disparu; mais la brèche agrandie

Aux guerriers que n'a point dévorés l'incendie

Présente, au lieu d'un mur, Salsbéry déployant

Sa taille gigantesque et son bras foudroyant.

Sous le poids d'un créneau, qu'il jette avec furie [4],

De cent boucliers joints la masse éclate, et crie :

Glaive, hache, massue, épieu, poutre, rocher,

Rien ne l'ébranle. A peine a-t-il vu s'approcher

Un soldat ennemi qui d'un créneau s'empare,

Il fait tomber sa main, que du bras il sépare;

Quand la foule des morts, ainsi qu'un mur nouveau

Dressé près du rempart, s'élève à son niveau,

Porté par eux, des murs comme un tigre il s'échappe :

Frappant tout ce qu'il voit, brisant tout ce qu'il frappe,

Il va tout renverser sous son puissant effort;

Mais l'énorme bélier, l'assiégeant comme un fort,

Vient de son front d'airain, destructeur des murailles,

Heurter en mugissant ce géant des batailles :

D'argent, de fer, et d'or, son haubert émaillé,

Qu'enveloppe la peau d'un serpent écaillé,

Cède au choc, et, tombant sous l'horrible tonnerre,

L'Encelade breton soudain couvre la terre,

Qui gémit sous le poids d'un corps démesuré.

Ainsi, lorsque perdu dans un ciel azuré,

Se détache un grand bloc de ces rochers sublimes,

Qui, menaçant les cieux, pendent sur des abîmes,

Par sa ruine affreuse au loin pulvérisés,

Les champs s'ouvrent fendus, les bois croulent brisés,

Et les fleuves profonds, arrêtés dans leur course,

Refoulés par son poids, remontent vers leur source.

Salsbéry tombe ainsi sur l'immense terrain

Qui disparoît couvert de ses armes d'airain.

Un héros sur le mur a planté son enseigne;

C'est Philippe; il est temps que la gloire le ceigne

Des lauriers qu'en ce jour son bras a moissonnés.

Pour sauver Salsbéry ses ordres sont donnés.

Épargnez, a-t-il dit, ce guerrier magnanime :

Je le hais, le combats, mais lui dois mon estime.

Il ne périra point sous mon fer abattu,

Et je prétends moi-même honorer sa vertu :

Vis, courageux Anglais, et, me cédant ton glaive,

Prends le mien.—Je l'accepte; avant qu'on me l'enlève

Il faudra m'immoler! O grand homme! pourquoi

Les enfants d'Albion n'ont-ils pas un tel roi!

C'en est fait; en fuyant les Anglais abandonnent

Les murs et les créneaux dont les tours se couronnent;

Et les vainqueurs, chassant les ennemis domptés,

Dans la ville à grands flots entrent de tous côtés.

Les vaincus dans le fort renferment leurs cohortes,

Et Philippe à l'instant veut en briser les portes,

Quand il voit accourir... Quoi! les Anglais encor

Voudroient-ils arrêter son intrépide essor?

Non, c'est Montmorenci que sa brillante audace

A rendu triomphant dans les murs de la place,

Vainqueur, il court aux yeux de son fier souverain

S'emparer du château dont la porte d'airain

Sous ses coups redoublés, déjà tremble et s'entr'ouvre :

Tombant avec fracas, alors elle découvre

Des lambris du palais l'imposante splendeur,

Et de ses vastes cours l'immense profondeur :

Par les béliers battu, le fort enfin succombe,

Son rempart à grand bruit s'écroule, éclate et tombe ;

On force le passage, on entre, et des Anglais

Le tyran recélé dans son triste palais,

Trouve un moyen secret d'échapper à nos chaînes ;

Il fuit, il se dérobe à nos recherches vaines.

On ignore comment ce prince a disparu,

Et sur sa fuite au camp mille bruits ont couru.

« Plus instruite que vous, moi, répond Isabelle,

« Je puis vous retracer en un récit fidèle

« La fuite inaperçue, et le destin du roi,

« Qu'il m'a peints dans un jour de douleur et d'effroi.

« Voyant à ses desseins la fortune contraire,

« Et de ses longs tourments cherchant à se distraire,

« Ce prince me parloit, quand saisi de terreur,

« Il recula, trembla, poussa des cris d'horreur,

« Comme si tout à coup des visions funèbres

« A ses yeux égarés s'offroient dans les ténèbres.

« Le voyant délivré de cet état cruel,

« Je l'interroge au nom d'un amour mutuel,

« Sur le trouble effrayant qui de ses sens dispose,

« Et j'ose le presser d'en expliquer la cause.

« Pâle encore, il me dit : « J'ai commis un forfait

« Dont vos yeux étonnés ont aperçu l'effet.

« Le malheureux Arthur, hélas ! est ma victime ;

« Ne me demandez pas le récit de mon crime ;

« Sauvez-moi cette honte, et sachez seulement

« Quel en est aujourd'hui l'horrible châtiment.

« Dans les murs de Rouen, plein de sombres alarmes,

« Quand j'aperçus partout les ennemis en armes,

« Au fidèle Staffort, à travers des sanglots,

« Ma défaillante voix fit entendre ces mots :

« Mon sort est dans tes mains ; ami, dans sa détresse

« Tu peux sauver ton roi ; le temps, le péril presse ;

« Réunis avec toi nos plus braves soldats ;

« Vers la tour du château tu conduiras leurs pas ;

« Une issue en ces lieux favorisant ma fuite,

« Je saurai du vainqueur éviter la poursuite.

« Va, cours. L'Anglais soumis obéit à ma voix ;

« Et moi, sans écuyers, sans armes, sans pavois,

« Seul je vais me cacher dans une tour antique,

« Où par de longs degrés mon palais communique ;

« Quand soudain mon flambeau s'éteint, et de la nuit

« L'astre, dont un rayon sur les créneaux reluit,

« Frappant mes yeux troublés de son jour pâle et sombre,

« Du malheureux Arthur me fait distinguer l'ombre;

« D'un sang qui fume encor ses blonds cheveux sont teint,

« Ses traits défigurés, et ses regards éteints;

« Ses pleurs coulent; son corps, gonflé de meurtrissures,

« Se traîne en découvrant ses cruelles blessures :

« Mais son vain simulacre aussitôt effacé,

« Par un fantôme affreux disparoît remplacé.

« De ce monstre effrayant la gueule immonde, avide,

« S'ouvre et darde en sifflant un aiguillon livide.

« Je m'efforce de fuir, et ne le peux; mes pieds

« Me semblent par un câble à leur place liés,

« Tant je suis pénétré d'horreur et d'épouvante.

« Exécrable figure, es-tu morte ou vivante,

« Ai-je dit, quelle es-tu ?—C'est, du séjour des morts

« Moi qui viens, dit le spectre, enfoncer les remords

« Dans ton infame cœur avili par un crime.

« J'ai pris, en t'abordant, les traits de ta victime;

« Maintenant, sous les miens, par les maux des enfers

« Je vais venger sur toi les maux qu'elle a soufferts.

« Le vampire à ces mots sur moi se précipite,

« S'attache avec fureur à mon sein qui palpite,

« M'étouffe par degrés et déchire mon flanc,

« Et s'enivre de pleurs, et se gorge de sang !

« Ainsi, lorsqu'un berger d'une profonde roche,

« En guidant ses troupeaux, imprudemment s'approche,

« Tout à coup de cet antre un livide serpent,

« Dont le corps onduleux en longs flots se répand,

« S'élance et l'enveloppe, investi par la chaîne

« Des anneaux que sur lui sa croupe allonge et traîne ;

« En vain pour échapper à son dard venimeux,

« A sa gueule empestée, à son souffle écumeux,

« Il tend des bras qu'il tord, qu'il arrache aux morsures

« Du serpent dont les dents le couvrent de blessures ;

« De mille affreux replis bientôt environné,

« Dans un réseau vivant il meurt emprisonné ;

« Le sang et le poison de leurs ruisseaux l'inondent,

« Et l'homme et le reptile ensemble se confondent.

« Tel est le monstre affreux dont j'assouvis la faim.

« Aux tourments que j'éprouve ayant fait trève enfin,

« Il fuit et disparoît, quand un bruit, qui redouble,

« Dans mes sens étonnés répand un nouveau trouble.

« Faut-il me préparer à de sanglants revers?

« Vient-on me délivrer, ou me charger de fers?

« Rempli d'un sombre effroi, je regarde, j'écoute;

« J'attends, je crains, je tremble, et j'espère et je doute;

« Je me rassure enfin : Les voilà mes Anglais !

« Staffort est à leur tête. Ah ! fuyons sans délais,

« Fuyons ! si vous saviez ! que dis-je ? il faut me taire,

« Et ne pas révéler ce terrible mystère.

« Partons, dérobons-nous à cet affreux réduit!

« Viens, Staffort, ai-je dit; et mon bras le conduit.

« Descendus de la tour, nous passons, non sans peine,

« Sous des arches courbant leur voûte souterraine :

« Nous marchons égarés dans ces chemins obscurs;

« Mais l'espoir nous soutient : suivant nos guides sûrs,

« Du sentier ténébreux nous découvrons l'issue ;

« Et, dans la nuit cachant ma troupe inaperçuc,

« Bientôt j'atteins un port où, joignant mes vaisseaux,

« Vers la riche Albion je vole sur les eaux.

« C'est ainsi que du roi la fatale imprudence

« Me fit de ses tourments l'horrible confidence,

« Dit Isabelle au prince, effrayé des horreurs

« Qui de Plantagenet ont puni les fureurs. »

FIN DU TROISIÈME CHANT.

CHANT IV.

ARGUMENT.

Isabelle se passionne pour Thibaut. — Elle lui donne une fête.
— Cour d'amour où ce prince dispute et remporte le prix du
chant. — Accueil qu'il reçoit de Jean-sans-Terre dans le château de Windsor. — Le démon de la volupté conduit Isabelle
dans une grotte magique, où il l'invite à goûter les délices
du bain, et la livre aux charmes de l'amour. — Thibaut s'unit
par un pacte avec Jean-sans-Terre. — Ses remords. — Louis
se présente à lui, le décide à partir, et le conduit en France.
— Désespoir et fureur d'Isabelle.

CHANT IV.

Isabelle a parlé : le héros dans son ame
Sent retentir encor cette voix qui l'enflamme ;
Elle-même est sensible au récit douloureux
Qui lui peint le trépas de tant d'illustres preux ;
Et de l'aimable Arthur en ses yeux pleins de charmes
La déplorable mort a fait rouler des larmes ;
Mais surtout la beauté du charmant troubadour
S'empare de son cœur et l'enivre d'amour.

Thibaut même est surpris par cet amour funeste ;
Il s'accuse en secret ; que dis-je ? il se déteste,
Il craint de partager un feu dont le pouvoir
Va lui faire peut-être oublier son devoir.
Que deviendra son culte et son idolâtrie
Pour son roi, pour l'honneur, pour Blanche et la patrie ?

Tel on voit un mortel qui nage, et d'un torrent

Veut, par de longs efforts, remonter le courant;

Opposant à ses flots une ardeur intrépide,

Il résiste long-temps à leur force rapide;

Mais si la rive offrant un difficile abord,

Il ne peut un instant reposer sur le bord,

Ses nerfs découragés par degrés se roidissent,

Son courage s'éteint, ses membres s'engourdissent,

Et par l'onde battu, par les roches brisé,

Il se livre au torrent qui l'entraîne épuisé.

Ainsi Thibaut, craignant les pièges d'Isabelle,

Lui résiste, et son cœur, à tant d'attraits rebelle,

De son premier amour se fait un bouclier

Pour combattre sa flamme et se fortifier

Contre l'assaut fatal que sans cesse lui livre

L'attrayante beauté dont le charme l'enivre.

Craignant de plus en plus ce rapide ascendant,

Il surveille son cœur, s'observe, et cependant

Souvent d'un fol espoir embrasse les chimères,

Quelquefois, inondé de ses larmes amères,

Il veut dompter ses sens dont la rébellion

L'indigne, et quelquefois comme un jeune lion

Poursuivi des chasseurs dont la troupe le presse,

Il fuit, il se dérobe à son enchanteresse;

Il suspend quelquefois ses efforts superflus,

La revoit, l'idolâtre, et ne se connoît plus.

Pour mieux le captiver elle ordonne une fête

Où de gais troubadours un choix brillant s'apprête

A joûter contre lui par des combats divers

D'esprit et de talent, de musique et de vers.

Thibaut, que dans ce piège elle espère surprendre,

Aux bosquets de Windsor la suit, et vient se rendre

Sous un orme fameux dont le feuillage épais

Protège au loin des bois le silence et la paix.

Là, quand le soir étend ses ombres indécises,

Un galant tribunal tient ses tendres assises,

Que fonda la célèbre et belle Aliénor,

Dont le nom sur cet arbre éclate en lettres d'or.

Le vieux orme, courbé sous le poids des offrandes,

Eblouissant de fleurs et paré de guirlandes,

Etale aux yeux charmés les dons que chaque jour

Viennent lui présenter les poursuivants d'amour;

On y voit suspendus les sistres, les cithares,

Les joyeux tambourins, et les tendres guitares

Des trouvères fameux, des bardes écossais,

Et des scaldes connus par de nombreux succès.

Là, bercés des Zéphirs, au gré de leurs haleines,

Ces instruments légers semblent des châtelaines

Répéter les soupirs exhalés tant de fois

Quand la corde en vibrant s'animoit sous leurs doigts.

On croit que Mélusine et ses puissantes fées

Ont voltigé naguère autour de ces trophées,

Et répandu sur l'arbre, en magiques vapeurs,

Les prestiges brillants et les songes trompeurs.

Armés de tympanons, de lyres, et de flûtes,

Là d'heureux troubadours vont engager ces luttes

Où l'amour, inspirant d'intéressants rivaux,

Produira de l'esprit cent prodiges nouveaux.

Là, de grace et d'attraits séduisantes émules,

Les dames de Windsor, cheminant sur des mules,

Se rendent pour former cette charmante cour

Qui dicte ses arrêts aux prisonniers d'amour.

Sous l'orme se plaçant l'attrayante Isabelle ²,

Avec le jeune essaim qu'elle assemble autour d'elle,

Compose un tribunal où des grands et des preux

Sont gravement jugés les forfaits amoureux;

Où souvent, condamnés par d'aimables sentences,

Ils font de leurs délits les douces pénitences.

Déjà par le plaisir tous en foule attirés

Du vert amphithéâtre occupent les degrés;

On voit des clercs fameux, et savants dans les thèses

Que soutient la Provence à l'ombre des mélèses,

Composer des sonnets et des tensons rimés,

Et des jeux mi-partis, d'un feu tendre animés :

Ils ont su, disent-ils, sonder tous les mystères

Des antiques châteaux, des sombres monastères;

Ont vu de grands tournois, sans qu'amour à leurs yeux

Ait montré des objets si dignes de leurs feux !
Ils terminent leur course, et sur ce beau rivage
Implorent les douceurs de l'amoureux servage.

Isabelle et sa cour exaucent leurs désirs,
Quand, formant des regrets, et poussant des soupirs,
De pénitents d'amour une foule dolente,
Timide, et s'avançant d'une démarche lente,
Vient du beau tribunal implorer la merci :
Que ne peut-il, sensible à leur tendre souci,
Et pour méfaits légers prodigue d'indulgence,
Accorder à leurs maux une prompte allégeance !
On voit, parmi ces preux, des comtes, des barons :
De la croix des chrétiens les uns signent leurs fronts;
D'autres, pour s'affranchir d'un puissant maléfice,
Ayant tous entendu le divin sacrifice,
Requièrent de la cour la clémence et l'accueil
Qui doit laver leur faute et terminer leur deuil.
L'indulgent tribunal les accueille, et des belles
Qu'un jugement rendoit à leurs flammes rebelles.

Désarme la rigueur par l'arrêt le plus doux,

Qui termine leur peine et les déclare absous.

Paroissez maintenant, vous que la poésie [3]

Invite à composer sa divine ambroisie !

Briguez le prix qu'on doit à vos aimables vers :

La cour va dans l'instant juger vos chants divers.

Quelques-uns sont issus des scaldes sanguinaires,

Qui célébroient du Nord les dieux imaginaires,

Et, pour les honorer dans leur aveugle erreur,

Du sang des rois vaincus abreuvoient leur fureur :

Les autres, que l'amour et le plaisir devance,

Sont les gais troubadours, enfants de la Provence.

Thibaut vient avec eux déployer le pouvoir

Des maîtres de la lyre et du joyeux savoir :

Son front noble reluit décoré par la plume

Du paon, dont l'or mobile au feu du jour s'allume ;

La cigale des prés, qui chante son réveil,

S'abreuve de rosée, et bondit au soleil,

Sur sa toque de pourpre éclate figurée

Par la riche topaze et la pierre azurée.

Voilà ce troubadour dont les chants et les jeux
Dissipent les tourments des esprits ombrageux.
Que de fois dans les cours ses dictons pleins de charmes
Décorant les vitraux, les tentures, les armes,
Ont reproduit partout aux regards enchantés
Ses vers doux et remplis de naïves beautés !
Que de fois pour l'entendre au banc de la veillée,
Des vierges du hameau la foule émerveillée,
De plaisir et d'amour rougit en l'écoutant !
De plaisir et d'amour que de fois palpitant
La noble châtelaine accorda, pour l'entendre,
Le baiser précurseur d'une faveur plus tendre !
Tantôt des passions il soulève les flots,
Tantôt de la folie agite les grelots ;
Du couplet satirique à la triste romance
Il passe ; il attendrit, fait rire, et recommence
Des récits, qui, d'abord humectant tous les yeux,
Font encore éclater les ris contagieux.

A peine a-t-il paru, que tout l'amphithéâtre
De sa vue enchanté, de ses vers idolâtre,
L'applaudit, et soudain le galant tribunal
Du concours poétique a donné le signal.

Un troubadour alors chante les pastourelles,
Au pied des grands châteaux et des vieilles tourelles,
Sensibles à l'amour des pèlerins dévots,
Et des preux chevaliers qui, par monts et par vaux
Sans cesse voyageant, viennent dans la chaumière
Soumettre à deux beaux yeux leur gloire aventurière.
Un autre, célébrant les gothiques manoirs,
A des contes bien gais joint des récits bien noirs,
Dit le grand juif errant de royaume en royaume,
Et du sanglant Robert le nocturne fantôme.
Un autre le remplace, et ses vers pleins de sel
Vantent les tours piquants du charmant jouvencel
Élevé par les soins des nobles châtelaines,
Des damoiseaux discrets trop sensibles marraines,
Qui savent accorder, dans leur tendre loisir,

Les leçons de l'honneur et celles du plaisir.

Celui-ci de Merlin dit la grotte enchantée,

Et celui-là d'Arthus la table si vantée.

Un autre en frère lai déguise un troubadour,

Des vierges du Seigneur visitant le séjour,

Où l'amour pur, armé de sa douce magie,

A son culte et son dogme et sa théologie,

Qui, des beautés du cloître égarant la raison,

Mêle aux tendres soupirs la mystique oraison,

L'extase séraphique, et ce charme funeste

Qu'offre aux sens fascinés la vision céleste.

Quand ces chants sont finis, un scalde, enfant du Nord[1],

Qui célèbre la gloire et sourit à la mort,

Se lève enveloppé d'une simple tunique;

Il imite en ses vers les traits du chant runique,

Qui dépeint sur les flots le coursier de la mer,

Dont l'abîme est rempli par le géant Ysner.

Quoiqu'il chante les rois, la flatterie infame

Sur ses lèvres jamais ne fit mentir son ame.

Il exhorte au combat, par un chant solennel,
Les fils du Nord qu'attend le bonheur éternel.

« Des succès éclatants, amis, le jour se lève;

« Odin va prononcer le jugement du glaive;

« Le glaive impatient est de sang altéré;

« Faisons briller au jour son tranchant acéré :

« L'ennemi nous attend; marchons; que sur la terre

« Le sang coule versé par notre cimeterre,

« Et par un beau triomphe illustre nos destins.

« Demain sera le jour du calme et des festins.

« Malheur à l'ennemi du peuple scandinave!

« La moisson de l'épée est le trésor du brave.

« Victime des combats, tout compagnon d'Odin

« Doit en perdant le jour sourire avec dédain;

« Quand le glaive a frappé ce héros magnanime,

« Braga, la lyre en main, par ses chants le ranime;

« Il renaît à la gloire, à l'amour, aux plaisirs,

« Et les combats divins enchantent ses loisirs.

« Des braves, dans les cieux, voyez-vous les fantômes[1],

« Les coursiers vaporeux, les cuirasses, les heaumes,

« S'attaquer, se heurter, se briser dans les airs,

« Et leurs traits se croiser en rapides éclairs.

« Gloire éternelle, gloire au peuple scandinave !

« La moisson de l'épée est le trésor du brave.

« Mais quels brillants accords ! Ah ! j'entends les clairons

« Appeler au banquet les divins escadrons ;

« Du grand banquet d'Odin la pompe se déploie[6] ;

« Quelles fêtes alors ! quels festins ! quelle joie !

« Voyez-vous sur l'airain des larges boucliers

« Par le glaive étendus d'énormes sangliers,

« Servis en mets fumants, et portés à la ronde

« Pour assouvir la faim de ces maîtres du monde,

« Tandis qu'étincelant dans leur divin palais

« L'arc-en-ciel éblouit par ses brillants reflets.

« Là cent jeunes beautés, le front ceint d'amarante,

« Épanchant l'hydromel dans la coupe odorante,

« Vont du guerrier céleste enchanter le regard,

«Sous le frêne Idrazil et les palmiers d'Asgard [7].

« Gloire immortelle, gloire au peuple scandinave !

« La moisson de l'épée est le trésor du brave.

« Mais qu'en un vil repos le lâche enseveli,

« Par le sombre Niflem enveloppé d'oubli [8],

« Roule éternellement au fond des noirs abîmes,

« Creusés pour les humains qu'ont dégradés leurs crimes;

« Qu'Hella vers lui toujours tende ses bras hideux ;

« Qu'il voie, en verts anneaux, se rouler autour d'eux

« Ses livides serpents, dont les corps et les têtes,

« Serrant d'horribles nœuds, dressant d'horribles crêtes,

« Épanchent les poisons, rejetés de leurs seins,

« Dans un lac empesté, prison des assassins !

« Regardez ce dragon, dont la faim vengeresse

« L'engloutit dans son corps, l'en revomit sans cesse,

« Expirant, renaissant, repassant tour à tour

« De la vie à la mort, et de la nuit au jour.

« Point de trève aux tourments du lâche Scandinave !

« La moisson de l'épée est le trésor du brave.

« Oh ! qui vous dépeindra les palais radieux

« Du paradis qu'Odin fait briller dans les cieux ?

« Arald aux cheveux d'or, là, promet à son glaive,

« Du grand serpent des cieux la conquête qu'il rêve.

« Là des filles d'Odin resplendit la beauté ;

« Leur taille s'y balance avec légèreté ;

« Pareille à ces roseaux dont la verte souplesse

« Sur les bords du Glomma se courbe avec mollesse.

« Jeune et belle Nossa, là tu prends ton essor ⁹ ;

« Là Fréya de ses yeux répand les larmes d'or ;

« Gézione y prend soin de ses vierges chéries.

« Offrez la coupe aux dieux, charmantes Walkyries ;

« Mais gardez aux vainqueurs vos attraits les plus doux,

« Odin nous les promet ; mourons, ils sont à nous.

« Gloire, amour et richesse au héros scandinave !

« La moisson de l'épée est le trésor du brave. »

Ainsi chantoit le scalde inspiré par Odin ;

Les applaudissements ont éclaté soudain :

L'assemblée, admirant sa sauvage harmonie,

A vu les fils du Nord, et leur théogonie,

Retracés dans ses vers, avec l'impur amas

Des superstitions qu'enfantent ces climats.

Alors Thibaut se lève, et, touchant sa mandore,

S'apprête à célébrer un sexe qu'il adore.

D'abord il peint l'opprobre et le renom terni

D'un chevalier félon par les dames honni,

Dépouillé d'ornements, nu, traîné sur la place,

Aux yeux d'une grossière et vile populace :

Par le fouet infamant on l'expose flétri,

Et lié par le chanvre au hideux pilori ;

Tandis que sur son heaume et ses armes brisées,

Au milieu des brocards et des longues risées,

Tombent du lourd marteau les coups injurieux,

Il expire ; une claie, en l'étalant aux yeux,

Le traîne, et d'une terre impure non bénie

Bientôt va sur son corps peser l'ignominie.

A ce tableau hideux le galant troubadour

Oppose un preux qu'anime et l'honneur et l'amour.

« Dès qu'il voit un château, quel doux transport l'agite[10]

« Il espère y trouver noble dame et bon gîte ;

« Bientôt, s'en approchant, il a sonné du cor ;

« Mais le pont suspendu ne descend point encor ;

« La herse enfin se lève, et, joignant les deux rives,

« Le pont baisse à grand bruit ses pesantes solives

« Qui livrent au héros un facile chemin.

« Il s'élance intrépide, et le glaive à la main.

« Soudain mille flambeaux, dissipant les ténèbres,

« N'offrent à ses regards ni des spectres funèbres,

« Ni de grands paladins, ni d'affreux mécréants,

« Ni simulacres vains, ni monstres, ni géants,

« Mais vingt jeunes beautés aux traits remplis de charmes

« Qui toutes, l'entourant et détachant ses armes,

« Enlèvent ses brassards, son pesant corselet [11];

« Glaive, heaume, haubergeon, ceinture et gantelet,

« Font place à des tissus éclatants, magnifiques,

« Et l'on conduit bientôt ce preux sous des portiques

« Où la dame qui règne en ce pompeux séjour

« Reçoit d'un air accort son prisonnier d'amour.

« La nuit vient, et bientôt rêvant à son martyre,

« Le héros voyageur en son lit se retire ;

« Là le vin du coucher, breuvage plein d'attrait,

« Et le vieux hypocras, et le brillant clairet,

« De leurs douces vapeurs l'embaument, le parfument ;

« Et, lorsque du soleil les premiers feux s'allument,

« Il entend un clairon qui proclame les jeux

« Proposés à l'ardeur des guerriers courageux.

« Des héros illustrés par une gloire insigne,

« Des suzerains puissants, des chevaliers du Cygne,

« Du Glaive et du Lyon, s'empressent en ce jour

« De prouver leur courage et surtout leur amour.

« Ce n'est plus des combats la rage frémissante ;

« C'est la valeur polie, et la gloire innocente,

« Qui, sans donner la mort, s'illustrent dans ces lieux,

« Enivrent tous les cœurs et charment tous les yeux.

« On voit briller les nœuds, les écharpes, les tresses,

« Offerts aux chevaliers par leurs belles maîtresses.

« De quel feu resplendit l'airain, l'or et le fer !

13.

« Entendez-vous le cor ? entendez-vous dans l'air

« S'exhaler les accents des grandes basiliques

« Mêlant aux chants guerriers des chants évangéliques,

« L'église étale aux yeux ses brillantes couleurs,

« Ses bannières, ses croix, ses festons et ses fleurs :

« De la gloire des preux quand son culte est l'organe,

« Elle se change en fée ; on diroit que Morgane,

« Évoquant dans les airs, de feux étincelants,

« Les ombres des Renauds, des Ogiers, des Rolands,

« Pour assister aux jeux que ce grand jour expose,

« Quitte son palais d'or et ses bosquets de rose.

« Mais déjà les guerriers à leurs postes sont prêts :

« Les dames, à l'envi rayonnantes d'attraits,

« Partout cherchent des yeux les preux dont les armures

« Brillent de leurs couleurs, s'ornent de leurs parures,

« Tandis qu'impatient chaque escadron rival

« Attend que du combat résonne le signal.

« Cette héroïque ardeur dont leurs ames sont pleines

« S'allume en tous les cœurs, coule en toutes les veines.

« Un cri soudain s'élève : honneur aux fils des preux !

« Tout part : la lance au poing, cent guerriers valeureux

« S'élancent comme un trait, se heurtent, se renversent ;

« Les uns serrent leurs rangs, les autres se dispersent ;

« Un héraut crie à tous, échauffant ces combats :

« Imitez vos aïeux, ne dégénérez pas !

« Cependant les cartels, les assauts, les redoutes,

« Les pas d'armes, les jeux, les castilles, les joûtes,

« Semblent se reproduire et se multiplier :

« On attaque, on repousse, on plie, on fait plier ;

« Chaque belle, animant celui qui l'intéresse,

« Lui jette un bracelet, une écharpe, une tresse ;

« Et le beau chevalier qui porte dans son cœur

« La dame du château, Dieu ! s'il étoit vainqueur !....

« Il l'est, il tombe aux pieds de celle qu'il adore,

« Du temple et du champ clos entend l'airain sonore

« Proclamer les succès qu'il remporte en ce jour,

« Etincèle de gloire et s'enivre d'amour. »

Ces doux chants ont ravi le sensible auditoire,

Et la cour à Thibaut accorde la victoire.

L'heureux Thibaut triomphe ; il remporte le prix

D'un combat pour l'amour et la gloire entrepris ;

Et quel prix enchanteur ! un baiser d'Isabelle !

Elle n'est déjà plus cette beauté rebelle

Dont rien ne fléchissoit l'inexorable orgueil ;

De ses mépris altiers un doux chant est l'écueil.

Le fortuné vainqueur vole en ses bras ; il ose,

La serrant dans les siens, sur deux lèvres de rose

Recueillir un poison qui le fait tressaillir,

Et son cœur en son trouble est prêt à défaillir.

Ainsi lorsque Phébé, sur le riant Ménale [12],

Dévoilant de ses traits la beauté virginale,

Vint, pendant le sommeil du jeune Endymion,

Sur ses lèvres glisser un amoureux rayon,

Du baiser lumineux l'impression charmante

Le remplit tout à coup du feu de son amante ;

Ainsi Thibaut s'enflamme au baiser plein d'appas

Donné par la beauté qu'il presse dans ses bras.

Mais déjà de Windsor le château dont l'audace

Règne sur des vallons que son aspect menace,

Reçoit Thibaut vainqueur en ses brillants pourpris

Qui d'un faste royal décorent ses lambris.

Dans la salle du trône entouré de ses pages

Et de ses grands barons en pompeux équipages,

Siège Plantagenet, au milieu de sa cour.

Isabelle y conduit le charmant troubadour,

Le présente au monarque, et dit quelles merveilles

D'une illustre assemblée ont charmé les oreilles.

Par un aimable accueil, le monarque retient

Le héros, qui long-temps avec lui s'entretient.

Thibaut l'invite alors à terminer la guerre

Qui toujours à la France oppose l'Angleterre.

Eh! pourquoi prodiguer tant d'impuissants efforts?

Ils n'ont fait dès long-temps qu'épuiser vos trésors,

Dit-il, et se livrant à l'ardeur qui l'anime,

Votre Albion sans cesse approfondit l'abîme

Qu'ouvre à ses chevaliers l'audace des Français.

La paix seule aujourd'hui peut borner nos succès.
Philippe à l'accepter veut que je vous dispose ;
Lui-même il la désire, et je vous la propose.

L'adroit Plantagenet répondant à ces mots,
Lui dit que de la guerre il veut finir les maux ;
Et, sous un faux dehors masquant, avec adresse,
A l'envoyé français, le piège qu'il lui dresse,
Il cherche à le séduire, il veut tenter sa foi ;
Mais ce héros chérit sa patrie et son roi ;
Ces liens sont sacrés ; vainement, pour les rompre
Le tyran des Anglais aspire à le corrompre ;
Et, lorsqu'il a tenté des efforts superflus,
De la paix proposée il ne lui parle plus.

Le château de Windsor offre un charme rustique,
Qui donne un air de fête à son séjour antique.
Le lierre, en longs replis roulant de verts anneaux,
Du rempart et des tours envahit les créneaux ;
Mille fleurs ont du temple embelli les chapelles ;

De frais tableaux, au gré des gothiques Appelles,

Dans les appartements, figurent des beautés

Que l'amour au plaisir livre de tous côtés.

D'Arthur et de ses preux, sur des trames savantes,

La laine a reproduit les images vivantes.

Un docte pèlerin, révéré dans ce lieu,

Fait sur Jérusalem des récits pleins de feu.

Le jouvenceau qui rit apprend, pour pénitences,

Les passages savants du maître des sentences.

Bientôt, la causerie ayant pris son essor,

Succède au long récit qui la remplace encor,

Et représente, errants à travers les royaumes,

Des nécromans, des nains, de terribles fantômes

Combattus par des preux en exemple cités.

De charmants fabliaux alors sont récités,

Et plus d'une beauté qui se plaît à les croire,

Dans le conte, en secret, reconnoît son histoire.

On dépeint ces objets d'éternelles amours,

Ces belles Cumberlans, ces charmantes Seymours,

Malgré les chroniqueurs et maintes aventures,

Aux yeux des chevaliers toujours chastes et pures,

Tant ils savent garder, en vivant sous leur loi,

Le culte de l'amour et sa robuste foi.

Cependant un démon guidé par Mélusine,

Vient du couple amoureux préparer la ruine?

C'est de la volupté la fée aux ailes d'or.

Il a su pénétrer au château de Windsor,

Et, pour mieux les charmer, ce monstre les attire

En des bois confidents de leur tendre martyre.

Ils errent en ces lieux sans but et sans dessein.

Thibaut voit palpiter les formes d'un beau sein;

Un espoir enchanteur a saisi tout son être.

De son délire enfin son cœur n'est plus le maître.

Aux genoux d'Isabelle il se jette, et lui dit

Le trouble qu'il ressent dans ce cœur interdit.

Elle rougit, se tait, mais sa grace angélique,

Ses yeux tendres, chargés d'un feu mélancolique,

Attachant sur Thibaut leur azur amoureux,

Ont répondu pour elle, et déclaré ses feux.

Cependant, près de lui, seule, en ces bois perdue,
Elle voit son péril, et s'enfuit éperdue :
Mais comment échapper à son funeste amour ?
Tout à coup, sous le traits de sa chère Seymour,
Qui s'attache partout à la suivre, à lui plaire,
La fée, en l'abordant, lui montre une onde claire
Qui jaillit, et qu'enferme un épineux rempart.

Elle entre en cette enceinte, et là, de toute part,
Voit des arbres vieillis, dont les rameaux sans nombre,
Par les vents balancés, versent le frais et l'ombre.
Elle voit des ruisseaux l'onde se réjouir,
Les plantes s'élever, les fleurs s'épanouir,
Sur les arbres flotter en guirlandes superbes,
Serpenter en festons, se déployer en gerbes,
Et les bois agiter leurs panaches flottants,
Qui versent à l'envi les parfums du printemps.
Là le miel de l'écorce en doux rayons s'échappe,
Un précieux nectar ici remplit la grappe ;
Le lierre aux mille bras plus loin prend son essor ;

14

Ce n'est plus la forêt dont s'embellit Windsor;

C'est une île d'amour soudain fertilisée,

Que la volupté change en un frais Élisée;

Où de tendres accents endorment les douleurs;

Où l'onde, qui s'enfuit sous des berceaux en fleurs,

Produit des sons charmants, dont la mélancolie

Imite les soupirs des harpes d'Éolie,

Tout séduit, tout enchante, en ces magiques lieux,

L'odorat et le goût, et l'oreille et les yeux.

Isabelle, en voyant ces charmantes retraites,

Abandonne son ame à des langueurs secrètes,

Et ce charme, en son cœur doucement parvenu,

Dans ses sens étonnés jette un trouble inconnu.

Partout se réfléchit, au sein brillant de l'onde,

Des nuages errants l'image vagabonde,

Qui, réfléchie au sein de l'humide élément,

Y reproduit les traits du trouvère charmant;

La vierge entend Thibaut dans le vent qui soupire;

Dans un air embaumé c'est lui qu'elle respire;

Dans cette eau qui murmure en se précipitant,
C'est encor lui qui parle, encor lui qu'elle entend.
Enfin, l'onde, la terre et le ciel, tout la livre
Au péril enchanteur qui l'effraie et l'enivre.

Elle espère, au milieu des flots rafraîchissants,
Recouvrer, s'il se peut, le calme de ses sens,
Et montre, en déliant sa flexible ceinture,
Tous les charmes divins dont l'orna la nature.
Mais, quand de son beau corps éclate la rondeur,
Chaste, et s'enveloppant dans sa noble pudeur,
Pour cacher tant d'appas Isabelle se plonge
Sous le voile des eaux, où la vapeur d'un songe
Vient, au gré du démon dont l'art a tout conduit,
Étendre sur ses yeux les ombres de la nuit.

Cependant le héros la cherche, et croit entendre
S'exhaler une voix mélancolique et tendre,
Qui lui paroît former un bruit faible, incertain,
Dont l'harmonie expire en un vague lointain.

Comme on entend, la nuit, ces chants pleins de mystère
Que forme, en soupirant, la lyre solitaire,
Quand, suspendue au frout de quelqu'arbre mouvant,
Elle flotte livrée aux caprices du vent,
Ou qu'une ombre légère au fond des bois cachée,
De sa main fantastique, en passant, l'a touchée.
La voix tendre disoit : « Ah ! viens me secourir, »
Et ses sons, par degrés, fuyoient, sembloient mourir.

Le héros, que séduit cette voix inconnue,
Du bosquet, en marchant, suit la sombre avenue.
Bientôt il aperçoit le solitaire abri
Du bosquet où la vierge... O lune ! astre chéri,
C'est toi dont le jour, cher à son ame rêveuse,
Lui découvre le seuil de l'enceinte amoureuse.
Il s'en approche, il entre ; il voit au sein des eaux,
Et distingue, à travers leurs limpides réseaux,
Une beauté qui dort et qu'agite un doux rêve ;
De son sein ravissant l'albâtre se soulève ;
Son cœur bat, et sa voix forme des sons confus,

Qui semblent d'un amant accuser le refus ;

Quand Thibaut reconnoît (ciel ! il doute s'il veille)

De celle qu'il chérit l'attrayante merveille,

Et croit l'entendre dire : « Ah ! reste en mon séjour,

« Reste, mon cher Thibaut, ou j'expire d'amour. ».

Il se trouble à ces mots, il frémit, il soupire ;

Il connoît de l'honneur et respecte l'empire ;

Mais de quels doux attraits ce piège revêtu,

Émeut ses sens ravis, et séduit sa vertu ;

Pourra-t-il résister aux charmes d'Isabelle ?

S'il reste, il est perdu, car il la voit si belle !

Il se décide enfin, il fuit ; mais au héros

Opposant tout à coup l'obstacle de ses flots,

La source en un torrent se transforme et l'arrête,

Lorsqu'au milieu des eaux dont mugit la tempête

Thibaut voit Isabelle emportée en leur cours ;

Il ne balance plus et vole à son secours ;

D'un si pressant danger l'image le transporte,

Il l'atteint, dans ses bras la saisit et l'emporte.

Tout vain prestige alors a fui devant ses yeux ;
Alors il ne voit plus dans ces agrestes lieux
Qu'une grotte charmante où, sur un lit de rose,
Mollement étendu le beau couple repose.

Maintenant, chevaliers, peuples et potentats,
Combattez, défendez ou perdez les états,
Enfantez des projets, faites la paix, la guerre,
Qu'importe à ces amants? tiennent-ils à la terre?
Que leur font des humains les succès, les revers?
Cette grotte et l'amour, voilà leur univers.

Ignorant cette ardeur qu'un noir démon protège,
Déjà Plantagenet, suivi de son cortège,
A quitté, dans la nuit, le château de Windsor,
Et vers Londre à l'instant il a pris son essor.
Isabelle, à Thibaut prodiguant tous ses charmes,
Veut que pour Albion son bras prenne les armes;
Mais de la volupté l'empire suborneur
Ne détruit pas en lui l'empire de l'honneur;

Il résiste au désir de sa belle conquête,

Quand un charme nouveau le captive et l'arrête.

Elle attache à son doigt le brillant radieux

D'un anneau constellé, présent insidieux,

Qui triomphe à l'instant de sa vertu rebelle.

Aussitôt qu'il le tient, enivrante Isabelle,

Il ne respire plus où tu n'es plus; tu vois

Comme son cœur palpite au souffle de ta voix.

De l'air qui t'enveloppe il respire le charme;

S'il t'échappe un reproche, un soupir, une larme,

Commande, il va mourir ou t'apaiser. O Dieu!

Est-ce à toi qu'il peut dire un éternel adieu.

C'en est fait : le traité, que sans pudeur il signe,

De sa foi parjurée est le garant insigne.

Mais quel bonheur s'attache aux amoureux transports

Lorsque le cœur gémit pressé par des remords?

Tandis qu'en Albion le trouvère se livre,

Auprès de son amante, au charme qui l'enivre,

Geneviève, du haut des célestes parvis,

Surveille incessamment l'empire de Clovis :

Du danger de Thibaut, qui la remplit d'alarmes,

Elle informe Louis, son noble frère d'armes,

L'invite à le sauver, et lui fait concevoir

De le rendre à Philippe un généreux espoir.

Au monarque français ce prince magnanime

A pris soin de cacher le dessein qui l'anime.

Il part, vole, suivi de son seul écuyer,

Sous l'armure et le nom d'un simple chevalier.

Albion le reçoit dans son île brumeuse,

Qu'entoure l'Océan de son onde écumeuse,

Et bientôt il se rend au funeste séjour

Où son ami repose enchaîné par l'amour.

Sitôt qu'il aperçoit la retraite charmante

Où Thibaut seul attend la nuit et son amante,

Il se présente à lui : « Viens, partons sans délais,

« Viens, dit-il ; en ses ports la flotte des Anglais,

« Émule des Flamands à Philippe rebelles,

« Pour s'élancer vers eux va déployer ses ailes.

« Quand cette flotte enferme, en ses flancs meurtriers,

« Un intrépide essaim d'innombrables guerriers ;

« Toi, notre ambassadeur, toi, qui devois naguère

« Enchaîner par la paix la France à l'Angleterre,

« Vil esclave d'Amour, infidèle à ton roi,

« Et trahissant l'honneur... Thibaut, réveille-toi ;

« Ton prince te rappelle au sein de ta patrie,

« Qu'indignent ta foiblesse et ta gloire flétrie ;

« Abjure un fol amour, sors d'un lâche repos ;

« A la France, à mon père, à ses nobles drapeaux,

« J'ai promis tes exploits : le jour fuit, le temps vole.

« Viens ; sans le consumer en un discours frivole,

« Partons. » — « Qu'oses-tu dire : eh quoi! ne vois-tu pas

« Planer sur moi l'opprobre et bientôt le trépas ?

« Si je te suis, réponds, avec quelle assurance

« Puis-je aborder mon roi, quand les maux de la France

« Sur elle rassemblés par mes lâches amours...

« Va, je suis à la France étranger pour toujours :

« Ton conseil à présent ne peut m'être propice ;

« Fuis, laisse-moi tomber au fond du précipice

« Où mon infame cœur malgré lui s'est plongé. »

« — Non, à sauver Thibaut mon cœur s'est engagé;

« Non, si tu suis mes pas, tu n'es point un rebelle :

« Abandonne en fuyant ta perfide Isabelle;

« N'hésite plus, partons; j'ai compté les instants,

« Si tu tardes encore, il n'en sera plus temps :

« Quoi! pour te dérober au sort qui te menace,

« Quand je me suis armé d'une intrépide audace,

« Quand même ici pour toi je m'expose au danger

« Dont je marche investi sur un sol étranger,

« Mon frère, mon ami, dans son péril extrême,

« Pourroit-il moins tenter pour se sauver lui-même?

« Je n'ajoute qu'un mot; si ton cœur un instant'

« Flotte, et craint de me suivre au séjour qui m'attend,

« Je pars; et, renonçant à ton amitié vaine,

« Je brise pour jamais le nœud qui nous enchaîne;

« Viens avec moi sur l'heure, ou demeure en ce lieu;

« Choisis, mais à l'instant: ton cœur hésite, adieu. »

Il dit, et ce discours, que la colère enflamme,

Du héros troubadour a déterminé l'ame;

D'un vertueux transport tout son cœur a frémi;

Ce qu'il doit à Philippe, à son illustre ami,

A la France, à l'honneur, aux héros de sa race,

A ses serments trahis, que son cœur lui retrace,

Fait triompher en lui ses nobles sentiments;

Il abjure l'amour et ses enchantements;

Dans un cœur raffermi dompte leur violence;

Part, suit son compagnon, sur un coursier s'élance,

Et se rend sur la plage, où voltige dans l'air

La voile d'un esquif prêt à fendre la mer :

Ce navire léger les porte vers la France,

Qui de leurs grands destins renferme l'espérance.

Que devient Isabelle? En son bosquet charmant

En vain elle a cherché son infidèle amant;

Mais de l'y retrouver elle se flatte encore.

Elle appelle à grands cris le héros qu'elle adore,

Et n'entend plus, hélas ! que les tristes échos

En longs gémissements traînant ses derniers mots.
Au poids de sa douleur enfin elle succombe ;
Dans les bras de Séymour elle chancèle et tombe ;
Et quand, se ranimant, elle revoit les cieux,
Elle reste long-temps immobile en ces lieux.
Se rappelant Thibaut, alors elle commence
A montrer les effets d'une triste démence ;
Elle entend ses soupirs dans les arbres mouvants,
Le poursuit dans les bois, l'embrasse dans les vents,
Le cherche sur les monts, dans la grotte profonde,
Et, terminant bientôt sa course vagabonde,
Elle s'écrie : « Ingrat, enfin je te revois ;
« J'ai retrouvé ton cœur, ton sourire, ta voix.
« Pourquoi m'as-tu laissée en ces tristes demeures?
« Que du temps, loin de toi, les éternelles heures
« Se traînent lentement, et quels maux j'ai soufferts!»
Soudain, comme un captif qui s'arrache à ses fers,
« Partons, fuyons, » dit-elle, et, gravissant les roches
Qui de ces bois profonds hérissent les approches,
De fatigue épuisée, en sa morne douleur,

Elle reste sans voix, sans force et sans couleur ;

Quelquefois, soupirant, plaintive, désolée,

Le sein nu, l'œil ardent, la tête échevelée,

A travers les forêts, sous leurs vastes abris,

Elle couroit, erroit, trembloit, poussoit des cris,

Et sembloit de ses flancs, en hurlant d'épouvante,

Arracher un serpent, chaîne affreuse et vivante,

Qui, ruisselant de fiel et de sucs vénéneux,

Pour étouffer son cœur le serroit dans ses nœuds.

Quelquefois, échappée à ces cruels supplices,

Et de son fol amour espérant les délices,

Elle forme des nœuds et des tissus de fleurs,

Dont sa main, pour Thibaut, assortit les couleurs.

Que dis-je? en paradis sa retraite se change :

Elle y croit retrouver, sous les traits d'un archange,

Son amant qui n'a plus de sentiments ingrats,

Lui sourit, et l'invite à voler dans ses bras.

Heureuse, ivre de joie elle s'y précipite ;

Elle croit le presser sur un sein qui palpite ;

Mais il se change alors en démon furieux

15

Qui, poussant de longs cris, roulant d'horribles yeux,
L'entraîne épouvantée au fond des noirs abîmes
Où l'enfer engloutit ses coupables victimes.

Son délire, en cessant, n'éteint pas sa douleur,
Et, dans la vérité retrouvant son malheur,
Elle s'écrie : « O Dieu ! quel affront ! quel outrage !
« Il triomphe, il se rit d'une impuissante rage !
« N'ai-je pu l'immoler ? le glaive, le poison,
« La flamme auroit sur lui vengé sa trahison.
« Mais à la cruauté sa ruse infame unie
« Croit-elle m'adresser une offense impunie ?
« Non, je tiens cet écrit où, violant sa foi,
« Son cœur lâche a trahi la cause de son roi ;
« Je le tiens, et bientôt, révélant son parjure,
« Ce pacte accusateur vengera mon injure.
« Ingrat ! va de ton roi, va fléchir le courroux :
« Traître à tous les partis, et méprisé par tous,
« Tu gémiras trop tard de m'avoir outragée ;

« Tu vivras, mais flétri; je mourrai, mais vengée.

« Vengée! ah! le serai-je, à moins que ses forfaits,

« Expiés par sa mort, à mes yeux satisfaits...

« Ciel! il vient,... je le vois;... pour laver mon injure,

« Je vais... Allons, il faut dans le sang du parjure...

« Frappons... Tu veux t'enfuir et te débats en vain;

« Meurs, traître! J'ai percé son cœur vil, inhumain;

« Le voilà, je le tiens; de son sang dégouttantes,

« Mes mains vont déchirer ses fibres palpitantes.

« Que dis-je? Quel délire! et quelle est mon erreur!

« Il vit, il me dédaigne, il brave ma fureur :

« Et bien! d'un fol amour il faut briser la chaîne;

« J'aimais; je veux goûter le bonheur de la haine.

« Vous, Anglais, qu'il trahit, accourez à ma voix;

« Unissez vos fureurs au courroux de vingt rois :

« De France et d'Albion que les rives fatales,

« Que leurs soldats rivaux, que leurs flottes rivales,

« En tous lieux, en tout temps, et sur terre, et sur mer,

« Arment contre eux les flots, et les feux, et le fer;

« Que les flots, que les feux, que le fer les dévore;

« Que leurs derniers neveux se déchirent encore. »

Elle dit ; et sa rage enfante vingt projets
Pour immoler Thibaut, Philippe et ses sujets.

FIN DU QUATRIÈME CHANT.

CHANT V.

15.

ARGUMENT.

Thibaut arrive en France, et est arrêté par l'ordre de Philippe.
— Le roi entreprend d'assiéger les rebelles dans le château de
Vauvert, dont ils se sont emparés.—Il escalade le rocher qui
lui sert d'assiette. — Son entrevue avec Lusignan.— Prestiges
séduisants présentés par Mélusine pour entraîner les chevaliers français dans un piège. — Ils sont secourus et sauvés
par le roi. — Sortie des assiégés. — Philippe les repousse, et
pénètre dans le château. — Nouveaux prestiges dissipés par
un signe céleste. — Philippe se rend maître de la place.

CHANT V.

Tandis que, le cœur plein d'une impuissante rage,
Isabelle s'excite à venger son outrage,
Thibaut foule déjà les rivages fleuris
Du fleuve qui s'étend près des murs de Paris ;
Quand une troupe armée, et qui soudain s'élance,
L'enveloppe, sur lui fond avec violence,
Le saisit, et de fers ayant chargé ses mains,
Malgré son compagnon, ses cris, ses efforts vains,
Dans les murs de Lutèce emporte sa victime.
Quel instant pour Louis, pour son cœur magnanime !
Il s'écrie en son trouble : Ah ! prince malheureux !
C'est moi qui t'ai plongé dans cet abîme affreux !
Dieu ! que va-t-il penser ? en son cœur il peut croire
Que Louis a formé la trame la plus noire,
Pour entraîner ses pas dans ces funestes lieux.

Louis paroît un monstre exécrable à ses yeux.

Du troubadour ainsi déplorant la disgrace,
Le prince aux pieds du roi court implorer sa grace;
Mais Philippe, agité de transports furieux,
Philippe dans ses mains tient le pacte odieux
Où Thibaut à son roi s'est déclaré rebelle.
Cet écrit, envoyé par les mains d'Isabelle,
A de l'infortuné, qu'attendoient les prisons,
Fait éclater au jour les lâches trahisons.
Pour le cœur de Louis, ô trop sensible épreuve!
Il ne peut démentir cette terrible preuve,
Gémit, prodigue en vain ses impuissants discours,
Et va de Blanche enfin réclamer les secours.

De grands soins cependant l'ame entière occupée,
Et ne quittant jamais sa vigilante épée,
Le roi craint deux fléaux pour ses puissants états;
L'un est le nœud formé par deux grands potentats
Qui s'unissent entre eux, et, menaçant la France,

De se la partager nourrissent l'espérance;
L'autre est des révoltés, qu'il surveille aujourd'hui,
La ligue toujours prête à s'armer contre lui.
Au château de Vauvert, ces monstres sacrilèges
Brûloient de ressaisir leurs nobles privilèges.

Lusignan, le plus fier et le plus furieux,
Qui compte Mélusine au rang de ses aïeux,
Avec d'autres barons plongés dans l'indigence,
Y nourrissoit l'espoir d'une horrible vengeance.
Les Gui, les Mauléon, les Hervé, les Nevers,
Là songeoient, s'indignant de leurs affreux revers,
Aux biens qu'ils possédoient avant que des rebelles
Ils eussent protégé les trames criminelles.
Pour défendre leur cause, aux combats toujours prêts,
Tous ces grands ont entre eux uni leurs intérêts.

Leur manoir, éclairé par le feu des vieux âtres,
Étalait des chacals les dépouilles grisâtres.
Les dents des sangliers destructeurs des hameaux,

Et quelques bois de cerfs parés de longs rameaux.

D'immenses corridors conduisoient dans les salles

Où, des Francs et des Goths dépouilles colossales,

Éclatoient, suspendus aux voûtes, aux piliers,

Des heaumes, des brassards et de longs boucliers.

Au bruit fréquent des pas, on entend des armures,

Dans les appartements, rouler les longs murmures.

On voit, sous des lambris et des murs enfumés,

Des ormes dans les feux resplendir allumés;

On distingue des Huns la sanglante dépouille,

Leurs piques, leurs épieux, leurs dards rongés de rouille,

Et les glaives ravis aux belliqueux Saxons,

Et des vieux paladins les grands estramaçons.

Tels sont les tristes lieux que Lusignan habite.

Là, suivant les récits d'un grave cénobite,

Qui fut son chapelain dans cet affreux manoir,

Les sires Mauléon, Savary, Beaumanoir,

Les Donzi, les Nevers, leurs clients, et leurs troupes,

Autour d'eux réunis formoient de vastes groupes.

Intrépides, armés du pesant corselet,

Du glaive, du brassard, du double gantelet,

Pour s'abreuver des flots d'une liqueur grossière

Quelquefois de leur casque ils ouvrent la visière ;

Tandis que les faucons, abandonnés par eux,

Languissent relégués dans les donjons poudreux,

Où des chiens endormis la meute sanguinaire

Suit du cerf, en rêvant, la trace imaginaire.

Là souvent, disoit-on, vers le déclin du jour,

Mélusine revient dans son affreux séjour ;

Souvent on croyoit voir d'exécrables furies,

Dégouttantes de sang, de carnage nourries,

Déployer de la mort le terrible appareil,

Et former, en hurlant, son horrible conseil.

Quand la nuit sur les monts descend du sein des nues,

On entend retentir des clameurs inconnues ;

Tout s'alarme, tout tremble, et du fatal rocher

Les preux les plus hardis craignent de s'approcher.

Le roi les presse en vain, la terreur est plus forte ;

Même il a vu trembler son intrépide escorte :
Saint–Vallier, le premier, s'adressant au héros,
Au nom des chevaliers, fait entendre ces mots :

« Sire, au champ de l'honneur conduits par votre audace,
« Il n'est dans l'univers point de fort, point de place
« Qui puisse intimider nos bras victorieux ;
« Mais les démons armés s'assemblent en ces lieux ;
« Vingt tonnerres grondant roulent sur ces collines ;
« On diroit que, du ciel foudroyantes ruines,
« Leurs éclats en tombant sont prêts à l'entraîner.
« Si pourtant rien ne peut vous faire abandonner
« Le désir d'occuper ce roc immense et sombre,
« Attendez que la nuit ait dissipé son ombre,
« Et, puisqu'il faut périr en ces funestes lieux,
« Mourons du moins, seigneur, à la clarté des cieux. »

Il dit : mais le héros, frémissant de colère,
Le mesure des yeux, et d'une voix sévère :
« Qu'entends-je ? est-ce un Français qui vient de me parler ?

« Des chevaliers, des preux auroient-ils pu trembler?

« Mais vos récits un jour peindront-ils ces alarmes?

« Direz-vous ces hauts faits aux nobles hérauts d'armes?

« Les approuveront-ils? Leur austère burin

« Pourra-t-il les graver sur leurs tables d'airain?

« Eh! quel est donc l'objet de ces frayeurs si vives?

« Des simulacres vains, des ombres fugitives.

« Ah! s'ils étoient présents vos pères, dont les coups

« Ont vaincu l'Africain, que diroient-ils de vous?

« Des ombres vous font peur! Eh bien! d'un tel prodige

« D'autres ombres bientôt détruiront le prestige.

« Mânes des vieux guerriers qui servoient sous Martel

« Lorsqu'en ce même lieu son courage immortel

« Dompta les Sarrasins par ses exploits célèbres,

« Levez-vous, et chassez ces fantômes funèbres!

« Puisque tous mes guerriers sont glacés par l'effroi,

« C'est à vous de combattre et de vaincre avec moi.

A ces mots les Français dans leur ame aguerrie

Sentent se réveiller l'honneur et la patrie;

Ils abjurent leur crainte, ils veulent à l'instant
Réparer leur erreur par un coup éclatant :
Ils suivent à l'envi leur prince magnanime,
Tandis qu'en hennissant le coursier qu'il anime
Dans les rangs des guerriers précipite ses bonds,
Et court environné de ses crins vagabonds ;
Soudain chaque héros marche avec sa phalange
Qui, gravissant le mont, sous ses ordres se range.
On les voit, en glissant, l'un sur l'autre tomber,
S'efforcer de nouveau, de nouveau succomber ;
Tantôt aux arbrisseaux, aux plantes, aux racines,
Se suspendre, tantôt rouler dans les ravines,
Tantôt en haletant sur les roches courir,
Tantôt de leurs sommets retomber et mourir.
On entendoit sortir du sein de l'ombre immense
Des cris affreux, suivis d'un plus affreux silence.
Le tonnerre en grondant ouvre un ciel ténébreux ;
Tout à coup, échappé par un éclat affreux,
Il tombe en bondissant, traverse les ténèbres,
Et montre, à son reflet, de grands spectres funèbres.

Mais des preux chevaliers rien n'arrête l'ardeur ;
Tous veulent de leur nom relever la splendeur.
Sur ces guerriers alors combien de rochers croulent !
Que de preux engloutis dans les torrents qui roulent !
Dans les gouffres profonds que d'autres dévorés !
Aux pointes des buissons leurs membres déchirés
Palpitent, ruisselants du sang noir qui les souille ;
L'ouragan furieux emporte leur dépouille,
La traîne, ou dans les yeux des chevaliers surpris
Fait voler, en sifflant, ces horribles débris.
Mais l'air en vain frémit, en vain la foudre tonne ;
Et le héros français, que nul danger n'étonne,
Déjà plante en vainqueur sur ces rocs effrayants
Ses drapeaux éclairés par des cieux foudroyants.

Il veut alors, il veut que sa puissante armée,
Par un fossé profond dans un camp renfermée,
Puisse braver en paix l'impétueux effort
Que tenteront en vain les défenseurs du fort :
Bientôt ses travailleurs ont terminé l'ouvrage,

Que de ses bataillons protège le courage.

Quels chants ont retenti? C'est la voix de l'airain.
Au nom de Lusignan, devant son souverain
Un brillant messager, que la trompette annonce,
Se présente, et bientôt dans ces termes s'énonce:
Haut et puissant seigneur, je viens vous proposer
De conclure une trève, et de tout disposer
Pour que mon noble chef, dans une conférence,
De la paix avec vous confirme l'espérance.
Il dit, et le héros consent à l'entretien
Qui peut d'un juste accord affermir le lien;
Il désigne lui-même un lieu pour l'entrevue,
Dont il veut écarter toute embûche imprévue,
Et le choisit exprès sur un large plateau
Qui règne entre le camp et les murs du château.

A peine à Lusignan le messager rapporte
La réponse du roi, qu'avec sa fière escorte
Au lieu de l'entrevue il se rend tout armé.

Sur lui de mailles d'or élégamment formé

Étincelle un réseau dont le tissu l'embrasse;

Un feu guerrier jaillit de sa forte cuirasse;

Un dragon sous un aigle en vain se débattant

Compose le cimier de son heaume éclatant;

Sa visière abaissée ombrage un front farouche;

D'un destrier superbe il gourmande la bouche,

Soumet sa fougue au mors, et sous un bras puissant

Le force à modérer son vol obéissant.

Cinquante chevaliers ornés de leurs panaches,

Armés d'épieux, de traits, d'arbalètes, de haches,

Forment devant ses pas un terrible rempart.

Le monarque français s'avance d'autre part :

Son casque pour cimier porte l'oiseau du Phase,

Dont la plume au soleil étincelle et s'embrase;

Trente archers, sur ses pas, intrépides chasseurs,

Et vingt barons, de fiefs opulents possesseurs,

Tous descendus des Francs, usurpateurs des Gaules,

Marchent; et des carquois sonnent sur leurs épaules.

16.

Les deux chefs sont debout et s'observent de près :

Leur visière levée a dévoilé leurs traits ;

Et le fier Lusignan, d'un ton plein d'assurance :

« Monarque belliqueux, héros qui de la France

« Avez porté la gloire au bout de l'univers,

« Je vous salue au nom de vos illustres pairs ;

« Quoiqu'indigné comme eux de tomber dans les pièges

« D'un roi qui nous ravit nos plus grands privilèges.

« Mais comment votre empire a-t-il été fondé ?

« Il fut par nos aïeux à Capet accordé :

« Ce comte, par leur choix admis au rang suprême,

« Accepta de leurs mains le sacré diadême,

« Pour embrasser leur cause et défendre leurs droits,

« Non pour armer contre eux l'autorité des rois :

« C'est en les protégeant qu'il devint leur arbitre ;

« Et c'est vous maintenant qui, paré d'un vain titre,

« Croyez qu'en usurpant le pouvoir souverain

« Vous courberez nos fronts sous un sceptre d'airain!

« Avez-vous oublié que nos lois féodales,

« Filles des Huns, des Francs, des Celtes, des Vandales,

« Veulent qu'un roi pareil aux souverains des Goths

« Ne soit qu'un noble chef élu par ses égaux ? »

Le monarque répond : « Si nos braves ancêtres

« Rarement dans leurs rois ont reconnu leurs maîtres,

« Ils ne couroient pas moins sous leurs lois se ranger

« Lorsqu'osoit dans nos champs descendre l'étranger.

« Mais le contrat des grands avec le diadème

« N'est-il pas aujourd'hui déchiré par vous-même?

« Vous qui, servilement au prince anglais soumis,

« Marchez contre la France avec ses ennemis.

« C'est peu de vous soustraire à mon obéissance ,

« Et d'oser attenter à ma juste puissance ;

« Tous les infortunés qu'opprimoient vos suppots

« Sous le poids accablant des taxes, des impôts,

« Dévorés par la faim, par le fer et la flamme,

« Ou suspendus dans l'air par un supplice infame,

« Dans vos champs dévastés s'offroient de toutes parts:

« Les autres qu'on voyoit par la terreur épars,

« A peine en ces cantons, sous leurs agrestes chaumes,

« Apparoissoient aux yeux ainsi que des fantômes :

« Quel spectacle ! partout le carnage et la faim.

« Mais ces fléaux hideux sont disparus enfin :

« Le commerce, les lois, les arts et l'industrie,

« Renaissent dans le sein de la vieille patrie :

« Vous êtes son fléau, j'en suis le défenseur,

« J'ai déjà su briser votre joug oppresseur.

« La vengeance dormoit ; tremblez, elle se lève ;

« Les traîtres périront ; j'en jure par ce glaive

« Qui, sorti du fourreau pour leur percer le flanc,

« Ne veut plus y rentrer qu'abreuvé de leur sang !

« Rebelle, tombe aux pieds de ton roi qui l'ordonne,

« Ou sa juste fureur au trépas t'abandonne. »

« — Moi, tomber à tes pieds ! moi, ramper ! c'est à toi

« De frémir, en osant te déclarer mon roi !

« Va, le lion puissant retranché dans ses roches,

« De l'imprudent chasseur y craint peu les approches,

« Quand ses ongles plongés dans le sang des taureaux

« De leurs seins palpitants déchirent les lambeaux.

« Dis-moi, lorsqu'il vomit tous ses torrents de lave,

« Vit-on jamais l'Etna baisser un front esclave

« Et d'un ravage immense implorer le pardon?

« Partout de l'incendie il sème le brandon.

« Tel, et plus foudroyant, sur sa base profonde

« Le volcan féodal doit embraser le monde.

« Que parles-tu des biens qu'offrent à nos remparts

« Le commerce, les lois, l'industrie et les arts?

« Il n'est qu'un seul commerce au climat où nous sommes :

« Celui qui vend, achète, et la terre et les hommes ;

« Il n'est qu'un art, celui qui soumet les humains ;

« Qu'un juge, c'est le glaive ; il est entre nos mains :

« Qu'il prononce entre nous. Quoi! ces vils tributaires

« Des Francs dont le courage a ravagé leurs terres,

« Ces enfants des Gaulois ont en vous un soutien !

« Mais leurs bras, mais leur sang, leur vie, est notre bien ;

« Nos aïeux ont conquis l'air même qu'ils respirent ;

« A moissonner pour eux c'est en vain qu'ils aspirent :

« Et toi, qui de mon joug osas les délivrer,

« Du sang de tes vassaux quand tu veux t'enivrer,

« Du titre de leur pair indigne qu'on te nomme,

« Va, tu n'es plus leur roi, tu n'es plus gentilhomme,

« Je ne te connois plus ; adieu, reste ; je pars :

« Mais tu me reverras au pied de mes remparts.

« — Fuis, répond le héros, et retiens mes paroles ;

« Les menaces des rois ne sont jamais frivoles :

« Ce glaive dans tes murs va m'ouvrir des chemins,

« Et si, vaincu par moi, tu tombes dans mes mains,

« Cet écu, ce blason, ces armes que tu souilles,

« Au marteau flétrissant livreront leurs dépouilles,

« Et ta tête coupée et ton corps en lambeaux

« Serviront de pâture à la faim des corbeaux. »

Le monarque, à ces mots, trompé dans son attente,

Revient environné de sa troupe éclatante,

Et du siège en son camp dispose les apprêts.

Il ordonne : aussitôt dans les sombres forêts

Les sapins, les tilleuls, les chênes et les ormes,

En instruments guerriers changent leurs troncs énormes;

Quand d'un profond sommeil le monarque surpris

Au fond de ces forêts, mystérieux abris,

Fermant ses yeux au jour, s'endort au pied d'un chêne

Dont l'ombrage s'étend sur la rive prochaine.

Mélusine, craignant ses belliqueux travaux,

Vers le déclin du jour lui versa ces pavots.

Tout à coup dans les bois, où d'antiques érables

Mêloient aux noirs sapins leurs ombres vénérables,

On voit à leurs rameaux leurs souples rejetons

S'attacher en guirlande, éclater en festons;

On voit mille arbrisseaux dont la verte peuplade,

Sur les chênes altiers que leur tige escalade,

S'élève agilement, et va de tous côtés

Enlacer à leurs bras ses flottantes beautés.

La vigne, sur le frêne où sa tige s'étale

Grandit, se développe en chaîne végétale,

Et, suspendue aux troncs des sapins résineux,

Mille fois les entoure et les serre en ses nœuds.

Que d'ornements fleuris, au front du rocher même,

Suspendus en couronne, en tresse, en diadême,

S'empressent d'embellir son inculte âpreté;

Ainsi quand l'univers par Rome fut dompté,

Dans les liens heureux des arts dont elle abonde,

La Grèce captiva ces conquérants du monde,

Sut les envelopper de son charme innocent,

Et leur donna des lois, en leur obéissant.

Un jour magique et doux partout rayonne; il semble

Que des bois rajeunis tous les arbres ensemble

Unissent leurs rameaux l'un par l'autre animés,

L'un par l'autre embellis, l'un par l'autre embaumés:

Le torrent qui grondoit, au sommet des collines,

Devient un ruisseau pur, en nappes cristallines

Roule, et cède à l'attrait qui vient de le saisir;

Il paroît en courant murmurer de plaisir,

Et partout à la fleur, de sa beauté ravie,

Verse en flots caressants l'amour avec la vie.

Les nuages errants, sous un ciel pur et clair,

En vierges tout à coup se transforment dans l'air;

La vapeur s'arrondit en sein qui vient d'éclore,

Voltige en cheveux blonds, en lèvres se colore,

En ceintures se noue, en voiles complaisants

Flotte, et révèle aux yeux cent charmes séduisants.

Du chantre de Fingal ainsi l'ardent délire,

Dans les bois de Morven enchantés par sa lyre,

Offroit des Malvinas les prestiges trompeurs,

Et partout animant d'amoureuses vapeurs,

Coloroit leurs appas aux rayons de l'aurore,

Au prisme de la nue, au feu du météore;

Tandis que son génie, inspiré par les cieux,

S'exhaloit de son ame en vers harmonieux.

De ces filles de l'air ainsi l'essaim folâtre,

Se montrant par degrés à la vue idolâtre,

Légèrement s'échappe, en son agile essor,

Du berceau nébuleux qui l'enveloppe encor:

Bientôt dans les bosquets les unes se répandent;

Sur les rayons du jour les autres se suspendent;

Plusieurs plongent au sein des eaux, dont la fraîcheur

Baigne de leurs beaux corps et trahit la blancheur;

D'autres vont se cacher en des grottes profondes;

D'autres sans voile aux yeux éclatent vagabondes;

O lis majestueux, et vous charmantes fleurs,

17

Qu'enorgueillit l'éclat de vos tendres couleurs,

Vous dont l'ame odorante, et la tige altérée,

Des rayons du matin boit l'essence éthérée,

Exhale cent parfums, les recueille à son tour,

Se baigne de rosée, et s'enivre d'amour;

Des beautés qui brilloient sur ces vertes pelouses,

Parlez, dans ce moment n'étiez-vous point jalouses?

Toutes en rougissant fuyoient, vouloient en vain

Des charmes les plus frais cacher l'éclat divin:

Plusieurs vont se plonger dans les flancs des vieux saules

Et des chênes ouverts, comme si dans les Gaules

Dodone eût envoyé, pour enchanter les yeux,

De ses bois consacrés les nymphes et les dieux.

Dès qu'ils ont vu des preux étinceler les heaumes,

S'éloignant à dessein, tous ces légers fantômes

Semblent vouloir au fond des obscures forêts

Cacher aux yeux l'éclat de leurs jeunes attraits:

Mais la lune se lève, et de son char d'opale

Sur leurs charmes trahis verse un jour doux et pâle;

Le bocage aux guerriers les ravit de nouveau :
Cent fois montré, caché, l'insidieux tableau
Fuit, revient, fuit encore, et ces beautés légères
Offrent sous mille aspects leurs formes passagères.

L'armée entière a vu ce prodige charmant :
O comment des guerriers peindre l'enchantement,
Le vertige amoureux, la délirante extase ?
Palpitants, dévorés du feu qui les embrase,
Tous en foule ont volé vers des objets si doux ;
En vain Melun s'écrie : Amis, où courez-vous ?
De Mélusine encore ignorez-vous les pièges ?
Voilà ses talismans, voilà ses sortilèges !
Evitez-les, fuyez, ou vous êtes perdus.
Ces mots des chevaliers sont à peine entendus ;
Tant sur leurs sens troublés a d'empire et de force
De ce piège attrayant l'insidieuse amorce.
Vers les murs du château le séduisant essaim
Reculant par degrés, s'en approche à dessein ;
Tandis qu'aux yeux trompés la sombre forteresse

Semble être de verdure une île enchanteresse.
Un grand pont tout-à-coup, par des chaînes dressé,
Sur le fossé profond roule et tombe abaissé :
Il paroît un sentier que parfume la rose.

A peine à le franchir la troupe se dispose,
Elle voit... Dieu ! c'est lui, c'est le roi ! ses accents
D'épouvante et d'horreur ont glacé tous leurs sens.
Veillant sur les Français, l'auguste Geneviève,
Quand ce héros dormait plongé dans un doux rêve,
A frappé ses regards du terrible danger
Où l'armée imprudente est prête à s'engager :
Un nouveau feu l'anime, un nouveau jour l'éclaire ;
Il paroît, il rougit de honte et de colère ;
Il frémit : on diroit qu'il étincelle, armé
D'une cuirasse ardente, et d'un glaive enflammé.
Sur le pont du château tout-à-coup il s'élance,
Fier, et développé dans sa hauteur immense.

Tel ce géant des mers, ce colosse fameux,

Que Rhodes vit régner sur les flots écumeux,

Un phare dans la main, les pieds sur deux rivages,

Protégeoit les vaisseaux menacés des naufrages,

Des perfides écueils sauvoit leurs matelots,

Et surveilloit au loin les embûches des flots ;

Tel aux yeux des Français leur monarque s'élève

Sur le pont où son bras fait rayonner son glaive.

Il jette un cri terrible : aux accents de sa voix,

Par les fiers vétérans entendus tant de fois,

Tous tremblent, tous ont fui son aspect redoutable:

Trois fois il fait tonner sa voix épouvantable,

Et tous ses bataillons, qu'il remplit de terreur,

Trois fois ont reculé tremblants, saisis d'horreur !

Alors ses chevaliers, perdant la douce ivresse

Qui voiloit à leurs yeux une embûche traîtresse,

Arment leurs bataillons et rangent leurs soldats,

Pour échapper au piège apprêté sous leurs pas.

Soudain la citadelle, ouvrant toutes ses portes,

Vomit sur les Français d'innombrables cohortes ;

Lusignan le premier s'élance impétueux.

Le torrent qui tombant en bonds tumultueux

Roule, et traîne à grand bruit rochers, arbres, murailles.

Le volcan de la terre arrachant les entrailles,

Répandent moins que lui le ravage et l'effroi.

Ses frères belliqueux, Emery, Godefroy,

Et Raoul, orgueilleux des sièges qu'il raconte,

De l'antique Jaffa jeune et glorieux comte,

Des bataillons français bientôt percent les rangs

Sous leurs coups abattus, sous leurs pieds expirants.

Emery voit leur roi, le défie, et l'outrage :

Le héros, pour punir son insolente rage,

Fait sur lui d'un marteau gronder le coup affreux :

Sa poitrine brisée, ainsi qu'un antre creux,

Retentit, vomissant un sang noir qui bouillonne ;

Il tombe, et son grand corps sur ses armes résonne.

Godefroy dans son sang voit Émery nager,

Et d'un bras tout sanglant s'apprête à le venger ;

Mais Philippe irrité, s'armant du cimeterre,

Fait en cercles rouler ce terrible tonnerre,

Et le rebelle enfin sent l'homicide acier,
Qui dans son flanc ouvert s'enfonce tout entier.

Qu'est devenu Raoul? Dès qu'il voit dans la poudre
Ses deux frères couchés, il part comme la foudre,
Et, d'une hache armé, fond sur le souverain :
Il a de son armet brisé le triple airain ;
Le monarque fléchit, et soudain se redresse,
Furieux, il agite en sa main vengeresse
Un sabre étincelant, que, rival du lion,
Richard a signalé près des murs de Sion,
Et son bras sur Raoul l'abat avec furie ;
Le casque du vassal se brise, éclate, et crie,
Et le fer enfoncé dans le crâne fendu,
Jusque dans la poitrine à moitié descendu,
S'en retire à l'instant plein du sang qui l'abreuve
Et de son sein brisé se répand comme un fleuve.
Par le coursier du roi le rebelle foulé,
Sous ses pieds bondissants en mourant a roulé.

A ce spectacle affreux, sa tremblante cohorte

Frémit, cède en fuyant à l'effroi qui l'emporte;

Mais le fier Lusignan par ses cris belliqueux

Les retient, les rallie, et s'élance avec eux.

Sans heaume et sans cuirasse, il marche, il s'enveloppe

De la peau d'un lion qu'il prit dans Parthenope:

Sur le front du guerrier qu'ornent ses crins pendants,

Ce monstre étale un mufle armé d'horribles dents.

Un grand pin descendu des monts de la Norwège,

Enfant de ces forêts où resplendit la neige,

Est l'arme du baron, qui d'un coup plein d'horreur

Sur le casque du roi fait gronder la fureur.

Le héros a du coup senti la violence,

Et, sa hache à la main, sur ce traître il s'élance.

Lusignan, qu'a trompé son impuissant effort,

Voit l'acier dans ses flancs prêt à plonger la mort,

Recule, s'épouvante, et par sa fuite achève

De livrer ses soldats à la fureur du glaive.

Des Français dans la place il entre poursuivi;

Leur courroux est lassé mais non pas assouvi;

Le roi sur Lusignan soudain fond et le presse,
Avec les assiégés entre en leur forteresse,
Précipite à ses piêds quiconque la défend,
Et dans ses murs soumis apparoît triomphant.

Alors on ne voit plus que l'effrayante image
D'une scène où partout regorge le carnage,
Où de pâles guerriers par le glaive surpris,
Renversés, et poussant de lamentables cris,
Arrosent de leur sang ces créneaux, ces courtines,
Ces poternes, ces tours, ces portes clandestines,
Ces guichets assassins, dont les ais divisés
Retentissent bientôt par la hache brisés.
Noble chevalerie! O du pouvoir injuste [3]
Ennemie implacable et surveillante auguste!
Toi, dont le bras toujours d'un pur zèle animé
Repousse l'oppresseur et venge l'opprimé,
Pénètre en ces cachots, sous ces voûtes obscures;
Viens détacher les fers, viens panser les blessures
De ces infortunés, de ces ombres d'humains :

Vois-les tendre vers toi leurs languissantes mains.

Quelle infame Thémis, exerçant sa puissance,

Au séjour des forfaits plongea leur innocence?

Que de crimes affreux dans ces murs recelés,

Maintenant à la vue éclatent révélés!

Pactes fallacieux, fidélité trahie,

Et de la veuve en pleurs opulence envahie,

Parlez, accusez tous un monstre furieux.

Mais que dis-je?. Ah ! lui-même il s'offre à tous les yeux;

Et traverse à grands pas ses vastes galeries:

Sur ses lèvres erroit le rire des furies;

De rage palpitant, traînant d'affreux lambeaux,

Debout, ainsi qu'un spectre échappé des tombeaux,

Il erroit, se traînoit au travers des ruines;

Ses mains lançoient au loin d'énormes javelines.

A l'aspect de Philippe : « Approche, me voici;

« Viens, noble conquérant, ton triomphe est ici.

« Vois-tu quels feux de joie éclairent ta conquête?

« Viens, c'est moi qui t'invite à cette horrible fête;

« Je veux par un présent rendre hommage à mon roi,

« Et le trait de la mort va s'élancer sur toi. »

En achevant ces mots, le monstre sanguinaire
Lance une phalarique, effroyable tonnerre ;
Le monarque l'évite, et, promptement courbé,
Au globe foudroyant son corps s'est dérobé ;
Surprenant son rival par son agile adresse,
Pour se venger de lui tout à coup il se dresse ;
Mais, prêt à se venger il voit, ciel ! ô terreur !
Quel tableau le remplit d'épouvante et d'horreur !

Par des soldats sanglants une femme traînée,
Pâle, tremblante, en proie à leur rage effrénée,
Arrêtant leurs poignards sur elle suspendus,
Apparoît sur la tour à ses yeux éperdus.
Un monstre dont le glaive à l'immoler s'apprête
D'une tonnante voix crie au monarque : « Arrête !
« Si je vois Lusignan sous tes coups succomber,
« Ton épouse à l'instant sous les miens va tomber. »
Le héros, pénétré d'une frayeur mortelle,

Voit, reconnoît Agnès; Dieu! la voilà, c'est elle;
Que fera-t-il? commment l'arracher à la mort?
Il frémit, agité d'un horrible transport:

Mais elle, à son aspect, ô quel feu, quelle joie,
Etincelle en ses yeux, en ses traits se déploie!
Elle veut lui parler; sa voix dans les sanglots
S'éteint, et de ses yeux s'échappant à longs flots
Ses pleurs coulent, versés sur un sein plein de charmes:
Enfin elle s'écrie : «O cher époux, tes armes
« Me défendroient en vain contre nos ennemis;
« Sais-tu que de l'enfer tous les monstres vomis
« Pour nous perdre tous deux...Ah,cède à ma prière;
« De ton vassal affreux tu me vois prisonnière;
« Mille pièges couverts sont cachés à tes yeux;
« S'il en est temps encor, sauve-toi de ces lieux.
« De quoi te serviroient ta cuirasse et ton glaive?
« Tu te crois triomphant; ta victoire est un rêve.
« Moi-même, ainsi que toi, si tu ne fuis, je meurs. »

Elle dit, et ses cris, ses prières, ses pleurs,

Ont attendri le roi, qui se trouble et qui tremble.

Pour frapper Lusignan les forces qu'il rassemble

Déjà ne servent plus son impuissant courroux;

Son rival, en fuyant, se dérobe à ses coups:

Au sommet de la tour, ainsi que dans un songe,

La reine fantastique alors grandit, s'allonge;

Plus d'attraits décevants, c'est un monstre odieux,

Dressant d'horribles bras, roulant d'horribles yeux,

C'est, avec les démons dont l'essaim l'environne,

Mélusine elle-même, effroyable Gorgone;

Tout semble à son aspect tourner autour du fort;

Sa vue est le vertige, et son souffle est la mort.

Soudain tout le château resplendit et s'embrase;

La montagne d'horreur a tremblé sur sa base;

Cent monstres du vieux fort assiègent les créneaux!

Cent reptiles impurs y traînent leurs anneaux.

On diroit que les cieux descendent vers la terre,

Que la terre s'élance au séjour du tonnerre,

Que les tours et les murs à grand bruit s'écroulant,

18

L'un par l'autre brisés, l'un sur l'autre roulant,
Se heurtent confondus dans cette nuit profonde,
Et que le vieux chaos vient ressaisir le monde :
Lorsque, pour dissiper ce prestige effrayant,
Allumant dans le ciel un signe foudroyant,
Geneviève apparoît à l'enfer qu'elle étonne.
Mélusine en fureur en vain éclate et tonne,
A l'aspect des rayons, par qui sont repoussés
Tous ses charmes vaincus, tous ses traits émoussés.
Sa lumière pâlit; les feux divins redoublent;
Les démons interdits à cet aspect se troublent,
Et bientôt leur essaim disparoît et s'enfuit
Comme un songe enfanté par l'ombre de la nuit.

Tel un malade en proie à d'effroyables rêves,
Au milieu des serpents, des torches et des glaives,
S'éveille, et se dérobe aux funestes vapeurs
Qui troublaient son esprit de leurs tableaux trompeurs,
Tel Philippe, en bravant l'enfer et ses prodiges,
A vu dans l'air au loin s'envoler ses prestiges :

Le château maintenant n'offre de toutes parts

Qu'un enclos belliqueux ceint d'énormes remparts :

Philippe les soumet au pouvoir de ses armes,

Et rentre en son palais, où, calmant ses alarmes,

L'épouse qu'il chérit... (ô moment plein d'appas!)

Il s'élance, il la tient, la presse dans ses bras ;

Il voit, avec leur mère, autres enchanteresses,

Ses filles à son cou suspendre leurs caresses ;

Pour l'ame d'un bon roi, bon père et tendre époux,

Est-il une magie et des charmes plus doux ?

De ses illusions dépouillant l'imposture,

L'art des démons vaincu le rend à la nature.

FIN DU CINQUIÈME CHANT.

CHANT VI.

ARGUMENT.

Les vaincus se réfugient dans les catacombes de Paris, où ils continuent de conspirer contre le roi. — Boulogne revient de la Germanie, et se rejoint aux conjurés. — Fêtes dans Paris pour célébrer les victoires des Français. — Tournoi. — Défi porté à tous les chevaliers par Lusignan, caché sous ses armes. — La conspiration éclate. — Grand danger du roi. — Les rebelles sont vaincus, et sauvés par Mélusine, qui les couvre de ténèbres. — Lusignan reparoît dans le tournoi, triomphe de plusieurs chevaliers, et est vaincu par Montmorenci, qui remporte le prix. — Sainte Geneviève apparoît à Philippe, et l'instruit des dangers qui l'environnent. — Festin somptueux donné par Philippe aux vainqueurs du tournoi. — Vœux du Paon.

CHANT VI.

Du château de Vauvert le roi s'est rendu maître,
Mais tous ses défenseurs qu'il a vus disparoître,
Que sont-ils devenus? Quel funeste séjour
Les soustrait à la vue et les dérobe au jour?
C'est un vieux souterrain creusé sous leurs murailles.
Pour sauver les vaincus, la terre en ses entrailles
Les a reçus vivants, et leurs soldats nombreux
Remplissent à l'envi ces gouffres ténébreux.
Là, des anciens Romains on aperçoit les tombes.
Les Gaulois, y creusant de vastes catacombes,
En ont tiré depuis des rocs dont les débris
Sont devenus les tours et les murs de Paris.
La troupe factieuse en ces sombres dédales
Erroit, en parcourant ces routes sépulcrales,
Et respiroit partout les vapeurs du trépas,

Qui de ces noirs tombeaux s'exhaloient sous ses pas,
C'est là que leur fureur brûle d'être assouvie,
Et, par la haine encor, les rattache à la vie.

Lusignan voit les siens dans la douleur plongés,
Autour de lui gémir, en silence rangés,
Et leur dit : « Compagnons qui possédiez naguère
« Tant de fiefs et de biens envahis par la guerre,
« Voyez en quel séjour, dans ces noires cités,
« Notre malheureux sort nous a précipités.
« Nous avons tout perdu : mais nos cœurs magnanimes
« Nous défendront encor dans ces profonds abîmes.
« Si le roi jusqu'à nous veut s'ouvrir un accès,
« Laissons-le s'applaudir de ses premiers succès,
« Et gardons à la crainte un cœur inaccessible,
« Une volonté ferme, une audace invincible ;
« Conspirons dans ces lieux dignes de nos fureurs ;
« De ce nouvel enfer embrassons les horreurs.
« Cachés à nos tyrans dans le sein de la terre,
« Bientôt, comme les feux que d'un ardent cratère

« Vomit avec fureur un volcan sulfureux ;

« Brûlant d'abandonner ces réduits ténébreux,

« Nous irons attaquer sa puissance agrandie,

« Et des rébellions répandre l'incendie. »

Ainsi de ses guerriers par Philippe battus,

Lusignan relevoit les esprits abattus,

Tandis que Mélusine et son cortège immonde

Protégeoient au dehors leur retraite profonde.

Elle ordonne au plus prompt de ses hideux esprits

De ramener Boulogne aux remparts de Paris.

A ses ordres soumis, pour sauver les rebelles,

Le monstre de l'enfer a déployé ses ailes ;

Il part, vole, et se rend aux lieux où l'empereur

Va bientôt de l'enfer seconder la fureur.

Par les soins de Boulogne en phalanges formées,

Vers la Flandre déjà défiloient ses armées.

Entourant le baron d'un voile frauduleux,

Le noir esprit l'emporte en son char nébuleux,

Vers Lutèce, où Philippe assemble ses cohortes.

Tremblez, murs de Paris, Boulogne est à vos portes.

Il aperçoit déjà le palais de Vauvert [1]
Habité par Philippe et de grands bois couvert.
Là des chênes ridés, de gigantesques ormes,
De vieux troncs, des faux dieux simulacres informes,
Présentent, mutilés par l'injure des ans,
D'un culte horrible au ciel les signes imposants.
Des arbres vermoulus où la mousse s'étale,
Qu'a rongés du lichen la lèpre végétale,
Semblent offrir encor les vestiges des traits
Qui figuroient les dieux de ces sombres forêts
Lorsque de sang humain d'affreuses mains rougies
Arrosoient de ses flots de pâles effigies.
Le suppôt de l'enfer, écartant les rameaux
Qui voilent à ses yeux l'asile des tombeaux,
S'y plonge avec Boulogne, et voit dans l'ombre obscure,
Parmi les conjurés que Lusignan rassure,
Ce baron dont l'orgueil leur prédit des succès
Qui pourront ébranler l'empire des Français.

Attentive à sa voix sa troupe rassemblée,
Des triomphes du roi pâle encore et troublée,
L'écoute, en s'indignant de ses derniers affronts.

« Compagnons, leur dit-il, pourquoi baisser vos fronts?
« Est-ce là cette ardeur que vous m'aviez promise?
« Quand l'Escaut, le Danube, et l'Elbe, et la Tamise
« Avec nous sont ligués, parlez, que craignez-vous?
« Songez à nos amis qui, servant mon courroux,
« Même au palais du roi nous sont restés fidèles.
« Tandis qu'en ces tombeaux, profondes citadelles,
« Nous cachons au tyran nos complots clandestins,
« Notre haine l'assiège, assiste à ses festins,
« Avec lui délibère, et d'une amitié vaine
« Couvre le piège adroit où mon parti l'entraîne.
« Pour lui contre nos coups il n'est point de rempart:
« Qu'il nous sente partout, sans nous voir nulle part,
« Et, vengeant sur les siens la mort de nos complices,
« Partout à nos bourreaux renvoyons nos supplices.
« Qu'ils expirent, par nous immolés sans délais;

« Un tournoi que Philippe ouvre dans son palais

« Verra des chevaliers la foule qu'il rassemble,

« Pour remporter le prix, bientôt, joûter ensemble.

« Sous mes armes caché, je veux, en paladin,

« Au milieu du champ clos me présenter soudain;

« Je les défierai tous, et quand mon cimeterre,

« Du sang de mes rivaux prêt à rougir la terre,

« Sur moi des spectateurs fixera tous les yeux,

« Songez à bien saisir ce moment précieux.

« Que nos troupes alors dans l'ombre inaperçues

« S'emparent du palais, de toutes ses issues;

« Pénétrez dans le cirque et, d'un soudain effort,

« Sur le roi des Français précipitez la mort;

« Que sous nos coups vainqueurs il tombe, et qu'on le traîne

« Avec ses courtisans, déchiré sur l'arène.

« Infortuné Boulogne! objet de son courroux,

« Pour venger tes affronts, que n'es-tu parmi nous!

« Si nos bras te pressoient, oh! comme avec ivresse

« Tu verrois de nos cœurs éclater l'allégresse. »

Il dit; soudain Boulogne apparoît à ses yeux

Comme, échappé de l'ombre, un astre radieux.

Tous ont poussé des cris, tous, à l'aspect du traître,

Dans l'art de conspirer ont reconnu leur maître.

Environné par eux, il leur parle en ces mots:

« Vous, dont j'ai tant pleuré la disgrace et les maux,

« Noble espoir de l'état, élite du royaume,

« Raymond, Clément, Alain, Renaud, Mortier, Guillaume,

« Illustres chevaliers, que la victoire attend,

« Des plus nobles Français assemblage éclatant,

« Salut! Unissons-nous pour venger nos outrages;

« Il est venu ce temps, où nos ardents courages

« Peuvent, en réparant de funestes revers,

« Délivrer d'un tyran la France et l'univers.

« Quoi! pour lui seul, armés d'un dévouement sublime,

« Nous avons effrayé les remparts de Solyme,

« Conquis Ptolémaïs; et, foudroyant Richard,

« D'Albion, sous nos pieds, renversé l'étendard;

« Et maintenant l'ingrat, oubliant nos services,

19

« De ses lâches flatteurs salariant les vices,

« Leur partage le prix de nos brillants exploits!

« Que dis-je ? il a créé ces populaires lois

« Dont la digue, opposée à nos vastes fortunes,

« Favorise les droits conquis par les communes,

« Qui n'ont que trop servi ses desseins pleins d'horreur.

« Enfin va se lever le jour de la fureur.

« Vous les verrez bientôt ces puissants de la terre

« Qui marchent vers la France armés de leur tonnerre.

« Déjà de la Belgique approchent les Germains;

« Les Anglais de la mer vont s'ouvrir les chemins;

« Hâtons-nous, ou la ligue aura seule en partage

« Du prince dépouillé le sanglant héritage.

« De l'empire français Othon vient s'emparer;

« Lui-même il m'autorise à vous le déclarer;

« Mais puisque votre nombre en ces lieux favorise

« La gloire que promet une grande entreprise,

« Puisque nous pouvons seuls combattre et nous venger,

« Amis, qu'est-il besoin d'attendre l'étranger?

« Je ne propose point à vos cœurs magnanimes

« Des triomphes privés de meurtre et de victimes ;

« Nos désastres sont grands, et nous les vengerons.

« Marchons, le sang versé doit laver nos affronts.

« Mais avec les Germains toujours d'intelligence,

« Pour tirer de Philippe une juste vengeance,

« Jurons à l'empereur, notre suprême appui,

« De combattre, de vaincre, et de mourir pour lui.

« Oui, nous le servirons ; plus de paix, plus de trèves

« Avant que la fureur de nos bras, de nos glaives,

« Ait sur notre tyran frappé les derniers coups ;

« Jurez.—Nous le jurons.—Son empire est à vous. »

Tandis que, s'entourant d'homicides ténèbres,

La haine vit au fond de ces tombeaux funèbres,

Le monarque français surveille les complots

Qui tourmentent son ame et troublent son repos.

Toutefois, déployant un front plein d'assurance,

Il fait dans tous ses traits rayonner l'espérance,

Et permet que Paris solennise en ses jeux

Les succès obtenus par son bras courageux.

Ces fêtes, dont l'attrait séduit la multitude,
Pourront voiler aux yeux sa sombre inquiétude.
Il sait que l'on conspire, il en est assuré,
Mais le piège en secret contre lui préparé
Échappe à ses regards, et le foyer du crime,
Sous son propre palais, dans un profond abîme,
Cache un complot connu de ses vils courtisans,
Qui sont des conjurés les secrets partisans.
Il le sait, et soudain prend de sages mesures
Pour défendre le trône et venger ses injures.

La lune a remplacé les pompes du soleil;
La nuit vient déployer son tranquille appareil.
De ses ombres bientôt dissipant la tristesse,
Mille feux éclatants rayonnent dans Lutèce.
Au palais de Philippe une vive clarté
Resplendit, et des cieux combat l'obscurité.
La flamme, en ses jardins que la verdure embaume,
Ici monte en colonne et là se courbe en dôme,
En rubans colorés se déroule en tout lieu,

En guirlandes s'étend, court en lettres de feu

Retracer les hauts faits, les succès et la gloire

Des Français illustrés sur les bords de la Loire.

Par la fresque animés les murs semblent vivants;

La magique navette et les pinceaux savants

Font respirer la toile et la laine et la soie;

La longue perspective en lointain se déploie,

Et montre, en des bosquets parés de cent couleurs,

Des berceaux de lumière et des tentes de fleurs.

Partout dans la cité d'ingénieux emblèmes,

Des chiffres, des festons, des nœuds, des diadèmes,

Rayonnent suspendus à son front radieux,

Dont la splendeur éteint tous les astres des cieux;

Tandis que dans son sein la Seine étincelante

Répète, en réseaux d'or, leur image tremblante.

On entend retentir les temples dont l'airain

Applaudit aux succès du héros souverain,

Et son peuple, au milieu de ces pompeux miracles,

Offre à ses yeux charmés le plus beau des spectacles.

Bientôt le jour se lève, et les chants des clairons
Appellent au tournoi les brillants escadrons.
Paroissez, vaillants preux; vos aimables conquêtes
Vous attendent en foule. Et toi, l'ame des fêtes
D'Olympie et d'Élide, éclatant spectateur,
Soleil, viens éclairer ce jour triomphateur.
Déjà, sur les coteaux qui dominent ces lices,
Pour assister aux jeux dont il fait ses délices,
Tout un peuple enchanté s'empresse d'accourir;
Il voit mille festons dans l'enceinte fleurir,
Suspendus aux piliers, aux vastes galeries,
Que décorent des grands les nobles armoiries.
Des pavillons partout renferment dans leur sein
Des vierges de la cour le séduisant essaim.
L'or à leurs flancs s'attache en ceintures superbes;
Le rubis, la topaze, et l'émeraude en gerbes,
S'élèvent sur leurs fronts, et cent brillants divers
Sur leurs voiles flottants resplendissent d'éclairs.

Mais quels preux dans la lice en long ordre s'avancent[4]?

Les uns, que leurs archers et leurs pages devancent,

Font rayonner au loin de vastes boucliers ;

Dans ce nombre éclatoient d'illustres chevaliers.

D'autres marchent parés des présents pleins de charmes

Dont les riches couleurs ont décoré leurs armes.

Les autres, sous les noms des Ogiers, des Rolands,

S'offrent d'acier, de bronze et d'or étincelants.

De ces grands paladins les illustres fantômes

Semblent avoir repris les cuirasses, les heaumes

Tant de fois illustrés, pour défendre les lis.

Dans un profond chagrin d'autres ensevelis,

A l'aspect des combats abjurant leurs tendresses,

Viennent chercher l'oubli de leurs belles maîtresses,

Et, dans ce grand tournoi théâtre de l'honneur,

Trouver du moins la gloire, au défaut du bonheur.

Des preux aventuriers là l'escadron se range,

On y voit les héros venus de l'île Étrange,

Du castel aux sept tours, du palais aux dix preux,

Du bosquet enchanté, du perron dangereux.

L'un redressant les torts des félons et des traîtres,

Les a soumis aux lois de leurs augustes maîtres;

Un autre a, de ses mains, stigmatisé son flanc :

Dans une même coupe ayant mêlé leur sang,

Ceux-ci, comme ses flots, unissent leurs fortunes.

Leur joie et leur douleur entre eux seront communes.

Les héros voyageurs unissent dans ces rangs

Leur gloire vagabonde et leurs destins errants.

On voit des baronnets précédés des enseignes,

Dont les blasons pompeux ont brillé sous vingt règnes,

Marcher pleins de douleur et d'un regret amer,

En se remémorant leurs combats d'outre mer.

Plus loin marchent des preux que leurs dames chéries

Conduisent enlacés par des chaînes fleuries;

Ils adorent leur joug, ils bénissent leurs fers,

Et n'osent murmurer des maux qu'ils ont soufferts.

Voyez ces magistrats aux traits nobles et graves;

Juges du camp, leur voix proclamera les braves

Promis par leur audace à d'éclatants succès.

Enfin, paroît le roi qu'adorent les Français ;

Il vole accompagné d'Agnès sa noble épouse,

Dont la mule bondit sur la verte pelouse.

Par une foule immense en passant accueilli,

Sa main guide un coursier qui marche enorgueilli.

Sur le manteau d'Agnès l'or à longs flots ruisselle,

Et sur son noble front la couronne étincelle ;

Les vertus de son cœur se peignent dans ses traits.

L'heureux monarque, épris de ses jeunes attraits,

Aime en elle surtout les sentiments d'une ame

Qu'inspire la bonté, que l'héroïsme enflamme.

De sa race auprès d'elle augustes rejetons,

Ses deux filles, ainsi que deux jeunes boutons

Qui s'élèvent auprès de la rose éphémère,

Fleurissent en croissant sous l'ombre de leur mère.

Cent vierges dont l'éclat resplendit en ce jour

Forment sa suite aimable et composent sa cour.

L'heureux couple, entouré de son brillant cortège,

Se place sous l'abri d'un dais qui le protège.

Deux filles de barons, aux traits pleins de candeur,

Fraîches, s'embellissant de leur jeune pudeur,

Par un chant plein de grace, à la troupe guerrière

Annoncent que du camp va s'ouvrir la barrière.

Les rois d'armes chargés de surveiller ces jeux,

Observant avec soin les armures des preux,

Mesurent la longueur des lances, des épées.

Mais par la hache à peine ont retenti coupées

Les cordes et les nœuds déployant des réseaux

Qui retiennent encor les deux partis rivaux,

Ils fondent l'un sur l'autre, et leurs lances croisées

Soudain volent dans l'air, en mille éclats brisées.

Oh! comment retracer ces rapides exploits?

Que de grands coups portés et rendus à la fois!

Quels faits d'armes! quels cris! et quel choc redoutable!

Dans le cirque ébranlé quel bruit épouvantable!

Sous le fer ennemi qu'il évite ou qu'il rompt,

L'un se baisse avec art, l'autre élève son front;

On les voit se heurter, se fuir dans la carrière,

S'élancer en avant, se jeter en arrière ;

Le roi d'armes s'écrie : Honneur au chevalier

Dont une aigle d'argent décore le cimier ;

Honneur au dragon vert, à la panthère noire,

A la blanche licorne, à la vierge d'ivoire ;

Gloire à l'hydre d'azur déployant son essor ;

Gloire au lion d'argent ; gloire à l'épervier d'or.

A ces cris, des héros la valeur enflammée

Combat pour obtenir la même renommée.

Par le glaive emportés, mille ornements chéris,

Doux symboles d'amour, dispersent leurs débris,

Et mille ardents rivaux, déjà privés des signes,

De leurs faits glorieux témoignages insignes,

Prodiguent vainement des efforts ignorés

Des objets enchanteurs dont ils sont adorés.

Hâtez-vous, dons brillants de leurs jeunes maîtresses,

Nœuds, écharpes, réseaux, panaches, blondes tresses,

Volez, et signalez les fortunés vainqueurs

Aux vierges dont l'amour fait palpiter les cœurs.

On les voyoit, d'espoir et de crainte charmantes,

De tous les combattants sœurs, épouses, amantes,

Dépouillant à l'envi les vêtements divers

Dont leurs pudiques seins et leurs bras sont couverts,

Les envoyer aux preux rassemblés dans ces lices.

Comment des chevaliers exprimer les délices,

Lorsqu'ils lèvent leurs yeux vers ces nobles beautés :

Ils contemplent, trahis par cent voiles ôtés,

Des attraits qui, livrés aux regards de la foule,

Sous des cheveux dont l'or à longs flots se déroule,

S'efforcent de cacher leurs lis éblouissants,

Purs, quoique dévoilés, et toujours innocents ?

Ce spectacle imprévu dans les sens qu'il embrase

Jette un heureux délire, une amoureuse extase :

C'est peu ; les chants unis des trompes et des cors,

Aux flûtes mariant d'harmonieux accords,

Les parfums dont l'essence à la foule charmée

Fait respirer dans l'air sa vapeur embaumée,

Le choc étincelant des glaives, des pavois,

Le tumulte, les cris, le bruit confus des voix,

Des sens déjà troublés ont augmenté l'ivresse;

Et des vierges surtout la grace enchanteresse,

Oh! comment la dépeindre? Il semble que des cieux

Les anges descendus resplendissent aux yeux.

Mais des ardents rivaux exaltant le délire,

Quelle voix se marie aux accords de la lyre?

C'est celle du trouvère et du gai troubadour,

Qui dit: « Gentes beautés, des preux requis d'amour

« Festoyez les succès, et qu'aux vainqueurs des joûtes

« Menus dons et baisers soient octroyés par toutes.

« Et vous, pour obtenir anges du paradis,

« Preux, frappez les grands coups par l'amour applaudis. »

A ces mots, des guerriers la valeur éclatante

Veut de ces grands exploits justifier l'attente.

Que de coups à la fois sont portés et rendus;

Les chants des troubadours sont à peine entendus.

Oh! quel effroi saisit la belle Rosamonde?

Elle frémit, voyant sous un glaive qui gronde,

Elvin toucher du front les crins de son coursier.

20

L'airain heurte l'airain, l'acier croise l'acier.

Entendez-vous Clotilde en extase ravie

Crier à son amant : Tendresse pour la vie

Si tu reviens paré du chapelet vainqueur.

Quel trouble en ce moment fait palpiter son cœur?

Tout à coup un guerrier caché sous la visière,

Paroît, et du champ clos fait ouvrir la barrière;

Sur son bouclier sombre un phénix radieux

Brille imité par l'art, et s'offre à tous les yeux.

Dans sa serre pourprée on lit cette devise :

Je renais de ma cendre. Une croix d'or divise

En quatre champs d'azur le terrible pavois

Du preux qui fait tonner son effrayante voix:

« Guerriers, de ma valeur je prétends vous convaincre;

« Pour mériter le prix, c'est moi, moi qu'il faut vaincre;

« Osez me défier; ou plutôt, fuyez tous;

« Le triomphe m'attend, et n'est pas fait pour vous.

« Si cependant l'on veut que nous luttions ensemble,

« Nommez le plus hardi; qu'il approche, et qu'il tremble.

«Je défie, après lui, tout autre combattant;

«Ce bras les vaincra tous, et ce fer les attend. »

En achevant ces mots, suivis d'un long murmure,

Éblouissant sous l'or de sa solide armure,

Au milieu de l'arène, il s'avance en géant,

Tel, appui de l'enfer, ce héros mécréant,

Cet Argant, ce satrape arrogant et sublime,

Insultoit tous les preux qui menaçoient Solyme;

Ou tel ce fier Ajax par ses cris furieux

Epouvantoit Pergame et provoquoit les dieux.

Dix héros, que signale une audace guerrière,

Pour joûter avec lui s'offrent dans la carrière,

Quand tout à coup des cris de fureur et d'effroi,

Près du cirque, jetés dans le palais du roi,

Annoncent un combat terrible, opiniâtre,

Dont le bruit retentit dans tout l'amphithéâtre.

Dieu! quel forfait nouveau, quel horrible attentat

Menace en ce moment Philippe et tout l'état?

Le tumulte s'accroît, et la crainte redouble :

On s'écrie, on se lève, on se presse, on se trouble,

On dit qu'un souterrain renfermant tout l'enfer

A vomi des démons guidés par Lucifer,

Et qu'ils ont du palais surpris les sentinelles ;

Que, rien n'arrêtant plus leurs troupes criminelles,

Ils marchent vers le cirque, où bientôt furieux...

Les voilà ! ciel ! où fuir leur aspect odieux ?

Le torrent qui jaillit, le tonnerre ou la bombe,

Qui tout à coup dans l'air luit, vole, éclate et tombe,

Le terrible ouragan qui, rasant les sillons,

Déracine les blés roulés en tourbillons,

Moins prompt, moins effrayant à l'horizon s'élance.

L'inconnu, qui soudain redouble d'insolence,

Voyant ces révoltés, jette un cri belliqueux,

Les rejoint, les exhorte, et combat avec eux.

Boulogne les conduit aiguillonnant leur rage.

Louis, à cet aspect... ô quel feu ! quel courage

Anime en ce moment ses transports et ses pas !

Intrépide, il s'élance au milieu des soldats.

Voyez Montmorenci dont la valeur dissipe

Tous ces conspirateurs unis contre Philippe.

Le danger de son roi fait palpiter son cœur.

On s'écrie : il combat, il tombe, il est vainqueur.

Mais le monarque enfin, comme un Dieu qui foudroie,

Se présente, et son glaive a dévoré sa proie.

Il passe; et, renversant les rebelles surpris,

Sur des monceaux de morts et d'armes en débris

Bondit, accompagné de ses guerriers fidèles;

Sur son front la victoire a déployé ses ailes.

Pour sauver tous les siens Mélusine a produit

Un orage où, chargés des ombres de la nuit,

Roulent des tourbillons de grêle et de poussière :

Du soleil au vainqueur il ravit la lumière;

Et le roi, tout à coup d'ombres enveloppé,

Poursuit en vain Boulogne au carnage échappé;

Tandis que, protégés par de sombres ténèbres,

Les conjurés vaincus en leurs tombeaux funèbres

Rentrent inaperçus du héros triomphant.

La mort en son asile encore les défend.

Lusignan ne fuit point; il n'a pu s'y résoudre.

Il relève son front éclairé par la foudre;

Voyant qu'il combat seul, que tout le reste a fui,

Un noble désespoir s'est emparé de lui :

Il ne fléchira point sous le sort qui l'outrage ;

Un dessein périlleux sourit à son courage.

Caché sous la visière, il veut, dans le tournoi,

Seul affronter encore et la cour et son roi.

Le roi, qui de Boulogne a brisé la cuirasse,

Le suit, et de son sang interroge la trace ;

Mais, voilé d'un nuage, en son noir souterrain,

Le traître se dérobe au fer du souverain.

Alors avec ce calme, avec cette assurance

Qui convient au héros monarque de la France,

Philippe se prépare à dispenser les prix

Des combats valeureux dans le cirque entrepris ;

Quand, déployant soudain sa stature imposante,

Dans la lice aux vainqueurs fièrement se présente

Le terrible inconnu qui les a bravés tous.

Il s'écrie : « Arrêtez; seul armé contre vous,

« Je vous ai défiés, et reviens vous combattre :

« Avant de triompher, c'est moi qu'il faut abattre :

« Je me livre à vos coups; venez, si vous l'osez,

« Pour obtenir les prix qui vous sont proposés,

« Arracher de mes mains cette invincible épée.

« Bientôt de votre sang elle sera trempée,

« Ou, si devant ses coups vous reculez d'effroi,

« Fuyez, lâches, vos prix sont réservés pour moi. »

Ces mots, où l'arrogance à l'outrage est mêlée,

D'un violent courroux transportent l'assemblée.

Le cri des spectateurs, jusqu'au roi parvenu,

Demande qu'un héraut désarme l'inconnu,

Qui, s'unissant naguère aux troupes des rebelles,

Vient de favoriser leurs trames criminelles.

Mais les preux dans son sang veulent laver l'affront
Qu'un outrage sanglant imprime sur leur front.
Le roi cède à leurs vœux; il désire en son ame,
Où frémit en secret le courroux qui l'enflamme,
Que le glaive châtie un insolent orgueil.

Garlandes, Saint-Vallier, Melun, Destaing, Mareuil,
Pour voler au combat déjà prennent leur lance.
Garlandes le premier rapidement s'élance :
Il fond sur le géant; mais, brisant son écu,
Ce guerrier d'un seul choc le renverse vaincu.
Saint-Vallier lui succède, et combat non sans gloire;
Cependant il fléchit, et cède la victoire;
Après lui vient Mareuil, que son puissant rival
Rend victime, à l'instant, d'un combat inégal.
Destaing de l'inconnu veut confondre l'audace;
Il succombe à son tour, et Melun le remplace;
Melun, de qui l'adresse ayant lutté long-temps
Subit enfin le sort des autres combattants.

Ainsi, le front chargé d'une glace éternelle,

Et du vieux Océan terrible sentinelle,

L'immense Adamastór, aux tremblants matelots,

En montagne vivante, apparût sur les flots,

Vainqueur de l'ouragan, de la foudre, et de l'onde,

Qui l'assiégeoient, assis sur la borne du monde ;

Ainsi, dans le champ-clos agitant son fer nû,

Apparoît ce géant, ce terrible inconnu.

Il réclame un rival, ou plutôt une proie ;

Quand, tressaillant soudain de surprise et de joie,

Il voit Montmorenci : « Quoi ! ce preux si vanté

« Ne s'est pas dans l'arène à mes yeux présenté ?

« Pense-t-il m'échapper ? Non, non, mon cimeterre

« L'atteindra, fût-il même au centre de la terre ! »

Comme il parloit encor, montant sur un coursier

Montmorenci s'écrie : « Arrogant chevalier,

« Moi t'éviter ! tu mens, apprends à me connoître !

« Ton insolent orgueil va bientôt disparoître ! »

Soudain sur son cheval, au combat toujours prêt,
Il monte, et pour joûter met sa lance en arrêt:
Soudain les deux coursiers ardents comme la foudre,
L'un par l'autre heurtés ont roulé dans la poudre,
Où, par eux entraînés, les deux nobles rivaux
Disparoissent pressés du poids de leurs chevaux.
Mais déjà reprenant et sa hache et son glaive,
L'un et l'autre guerrier fièrement se relève:
Ils se joignent; leur glaive engage le combat,
Le fer frappe, est frappé, tourne, monte, et s'abat.
L'adroit Montmorenci, dans son essor habile,
Attaque, en voltigeant, son rival immobile,
Qui d'airain s'enveloppe, et, du noir bouclier
Présentant le rempart, s'en couvre tout entier.
Mais de cette arme en vain l'épaisseur le protège,
Le glaive du baron, qui le presse et l'assiège,
Le perce, et de son sang reparoît coloré.
Rugissant de douleur, de rage dévoré,
Le géant, qui brandit son épée effrayante,
Fait en cercles tourner cette arme foudroyante.

Par qui Montmorenci dans tous les sens frappé,

Des flèches de l'éclair semble être enveloppé.

On diroit que dans l'air ce glaive affreux s'embrase;

Il brise, il coupe, il perce, il déchire, il écrase,

Fracasse, et fait voler ses armes en débris.

Dans ce terrible instant l'on n'entend point de cris:

L'on n'entend que l'airain de l'une et l'autre armure,

Qui, par le fer heurté, rend un affreux murmure;

Lorsqu'enfin l'inconnu, las de ses efforts vains,

Frémissant de courroux, prend son glaive à deux mains,

Se dresse, et du baron prêt à fendre la tête,

Fait tomber de ses coups l'effroyable tempête

Sur le casque ennemi dont l'acier rayonnant

Résonne, comparable au bronze bourdonnant,

Qui, frappé du marteau, dans les saintes demeures,

Du jour et de la nuit fait retentir les heures.

Le héros un moment cède au pesant acier,

Et son front belliqueux est contraint à plier;

Mais, loin d'être accablé, terrible il se redresse,

Et plonge de son fer la pointe vengeresse

Au flanc de son rival, dont le sang a jailli,

Et qui, percé deux fois, deux fois à tressailli.

Par ces terribles coups, renversé sur l'arène,

Il crie, il se débat, il se roule, il se traîne;

Il rugit comme un tigre, et sa vaine fureur

Etale à tous les yeux un spectacle d'horreur...

Soudain de son genou le pressant sur la terre,

Montmorenci vainqueur à la gorge le serre,

Et du casque d'airain, par ses mains arraché,

Dépouillant le colosse à ses regards caché,

Voit, reconnoît...grand Dieu! c'est Lusignan lui-même!

Lusignan, qui vomit l'injure et le blasphème,

Et retient le poignard qui va percer son sein!

Mais, d'une sombre nuit l'enveloppant soudain,

Le ciel a disparu; le vent mugit; la foudre,

D'un nuage, en torrents tout prêt à se dissoudre,

Part, tombe avec fracas, lance un horrible trait;

Et dans l'orage en feu le vaincu disparoît.

On s'étonne, on s'écrie, on doute si l'on veille;

Et du preux disparu la terrible merveille

Fait naître dans le cirque un long frémissement.

Espérant conjurer l'horrible enchantement,

La reine et tout l'essaim qui forme son cortège,

D'un long signe de croix se couvre et se protège,

Et se montre la place où s'est enfui dans l'air

Le grand chevalier noir en pacte avec l'enfer.

Cependant les hautbois, les clairons, les cymbales,

Joignant leurs chants au bruit de cent cloches rivales,

Qui dans les champs voisins font voler jusqu'aux cieux

Leurs applaudissements, et leurs accents pieux,

Célèbrent les vainqueurs dont les brillants courages

Ont des juges du camp mérité les suffrages.

Montmorenci reçoit la palme de l'honneur,

Et dix autres guerriers partagent son bonheur :

Du chapelet vainqueur la reine les couronne;

L'élite des beautés soudain les environne,

Les couvre de festons, et dans ses lacs d'amour

21

Les conduit enchaînés aux fêtes de la cour,
Où Philippe, l'armant de son glaive indomptable,
Donne à Montmorenci le rang de connétable.

Geneviève, du haut de l'empire des cieux,
Vers les murs de Paris abaisse alors ses yeux.
Elle a vu, des vaincus prévenant la ruine,
Boulogne et ses guerriers guidés par Mélusine
La suivre, et se cacher en ces lieux pleins d'horreur,
Réceptacle du crime, où l'ardente fureur
Qui s'allume en leur ame, à la vengeance ouverte,
Du monarque français conspire encor la perte.
Elle glisse à l'instant sur les derniers rayons
Que, prêt à s'élancer vers d'autres régions,
A Lutèce, en fuyant, l'astre du jour envoie.
Au palais de Philippe elle s'ouvre une voie;
Visible pour lui seul, de lui seul à dessein
Elle approche en secret, et lui montrant l'essaim
De ses vils courtisans qui, sous d'aimables formes,
Savent dissimuler leurs attentats énormes:

« Je vais, les dépouillant d'un éclat spécieux,

« Sans voile et comme ils sont les offrir à tes yeux, »

Dit–elle ; et le héros voit un affreux mélange

De monstres tout couverts d'or, de pourpre, et de fange !

Ce n'est plus cet honneur, digne ornement des cours,

Où la franchise éclate en généreux discours :

C'est, des vils chevaliers qui trahissent la France,

La basse flatterie unie à l'insolence,

La calomnie infame apprêtant ses poisons,

Les perfides souris, les lâches trahisons,

Le mensonge effronté, l'oubli de la patrie

Immolée au plaisir dans une ame flétrie,

La haine en zèle ardent déguisant sa noirceur,

Du courroux caressant l'hypocrite douceur;

Et cette ambition, plus hypocrite encore,

Feignant d'idolâtrer la vertu qu'elle abhorre,

Tandis qu'en la servant les noires cruautés,

Ruisselantes de sang, marchent à ses côtés.

Les courtisans souillés de ces vices infames,

Dont le poison caché ronge en secret leurs ames,

Sont arrosés d'un sang qui de leur blason pur

Souille l'argent et l'or, le sinople et l'azur.

« Voilà tes grands vassaux ! dit la vierge céleste ;

« Si leur front te sourit, leur ame te déteste ;

« Il en est cependant qui te gardent leur foi,

« Tels que les chevaliers vainqueurs dans le tournoi.

« Plusieurs autres, comme eux, à leur prince fidèles,

« D'une haute vertu sont encor les modèles.

« Le reste à Lusignan, par des liens secrets,

« En des complots obscurs unit ses intérêts.

« Ce traître et ses pareils, respirant tous les crimes,

« S'assemblent maintenant dans les profonds abîmes

« Qui renferment la mort non loin de ton séjour.

« C'est là que, dérobant leurs embûches au jour,

« Sous tes pas confiants ils disposent leurs pièges.

« Tout l'enfer autour d'eux répand ses sortilèges.

« Ton danger sera grand, mais le Dieu juste et fort,

« Pour ta défense armé, combattra leur effort.

« Toi, songe à les punir. L'État, qui te contemple,

« De ta prompte justice attend un grand exemple :

« Il faut que ton pouvoir, immolant ces pervers,

« Délivre d'eux enfin la France et l'univers. »

Geneviève, à ces mots, disparoît dans les ombres...

Philippe à tous les yeux cache ses ennuis sombres,

A son courroux secret sait imposer un frein,

Et n'offre aux courtisans qu'un front calme et serein.

Pour eux, dans le palais, un banquet se dispose.

Auprès du souverain Montmorenci repose,

Superbe, environné des beautés dont les cœurs

Applaudissent ensemble à ses exploits vainqueurs.

Au milieu du festin le roi se place, et brille

Avec ses nobles preux et sa noble famille.

Trois vierges, dont les fronts, de jeunesse éclatants,

Rayonnent couronnés des roses du printemps,

Offrent aux preux, dans l'or, un paon dont le plumage

Du prisme éblouissant est l'opulente image.

Alors chaque héros à la jeune beauté

Qui règne sur son cœur, et siège à son côté,

Promet de conquérir l'objet de son envie :

L'une veut qu'à Fernand par un preux soit ravie

Sa ceinture, son arc, et sa cuirasse d'or ;

L'autre, qu'un chevalier, plus intrépide encor,

Dépouille l'empereur de l'ardente écarlate

Qui sur ses vêtements en manteau riche éclate.

Une autre veut son heaume, éblouissant travail,

Où dans un or poli s'incruste un pur émail ;

Une autre ordonne enfin que son amant enlève

Au prince des Anglais sa ceinture et son glaive,

Cuirasse, heaume, épée, arc, et manteau flottant :

Tous ces dons exigés sont promis à l'instant.

A chacun de ces vœux les cris qui se confondent,

Et les chants des clairons en tumulte répondent.

La joie en tous les yeux rayonne ; et les complots

Formés contre Philippe et contre ses héros

Disparoissent, perdus dans la gloire immortelle

Dont aux yeux des Français le monarque étincelle :

Tout réfléchit l'éclat du souverain pouvoir.

Ainsi, quand les vapeurs, qu'exhale vers le soir

Le sein des lacs impurs et des marais immondes,

Promènent dans les airs leurs formes vagabondes,

Si le flambeau du jour, en toute son ardeur,

Sur elles de ses traits réfléchit la splendeur,

Du chaos nébuleux l'obscurité première

S'épure dans sa flamme, et brille à sa lumière.

FIN DU SIXIÈME CHANT.

NOTES.

NOTES.

CHANT PREMIER.

Page 8, vers 5.

La châsse dont les flancs renferment Geneviève.

Cette châsse étoit déposée dans l'ancienne église de Sainte-Geneviève, située près du nouveau temple élevé à cette sainte sous le règne de Louis XV, et construit par l'illustre Soufflot. L'ancienne église étoit encore debout sous le règne de Louis XVI, qui l'a fait démolir. Il passe pour constant que Clóvis y fut enterré.

Pag. 15, vers 1.

Il est un antre affreux, vaste, ignoré du jour...

On l'appelle la grotte des fées, autrement les Bains de Mélusine. Cette caverne immense, creusée dans le roc, est située aux pieds des Alpes, dans la province du Dauphiné : sa description est parfaitement conforme aux récits qui m'en ont été faits par des voyageurs frappés de ce merveilleux spectacle.

Ici l'invention d'un être surnaturel commence à donner au poëme la couleur de l'épopée, qui ne doit pas être le récit d'une action purement humaine, mais la représentation d'une scène qui se passe entre la terre et le ciel. Sans cette sublime alliance de l'homme et de la Divinité, la poésie épique disparoît, parce qu'elle est privée du merveilleux qui est son essence.

> Sans tous ces ornements le vers tombe en langueur,
> La poésie est morte ou rampe sans vigueur,
> Le poète n'est plus qu'un orateur timide,
> Qu'un froid historien d'une fable insipide.

Les fables les plus absurdes, et les plus vieilles superstitions prennent un grand caractère dans l'épopée, parce que, découlant de cette source du merveilleux, elles mêlent les intérêts du ciel aux intérêts de la terre; ainsi Virgile n'a pas dédaigné l'étrange métamorphose des vaisseaux d'Énée en nymphes de la mer, ni même la fable dégoûtante des Harpies. Sans doute il ne croyoit point à l'existence de l'enfer du paganisme, puisqu'il a dit dans ses Géorgiques :

> *Felix qui potuit rerum cognoscere causas*
> *Atque metus omnes et inexorabile fatum*
> *Subjecit pedibus strepitumque Acherontis avari.*

Et cependant la peinture qu'il fait de cet enfer est le plus bel ornement de son poëme; aussi la poésie épique règne-t-elle au plus haut degré dans l'Énéide, ainsi que dans l'Iliade, dans l'Odyssée, dans la Jérusalem délivrée, et dans le Paradis perdu; tandis que la Pharsale de Lucain, qui n'est pas fondée sur le merveilleux, n'est rien autre chose qu'un fragment d'histoire mis en vers. Il n'est personne à présent qui ne convienne de cette vérité. Je n'ai donc pas craint de m'égarer en suivant ces guides immortels, et j'ai mêlé au merveilleux chrétien, celui des vieilles traditions. Je l'ai fait d'autant plus volontiers, que la guerre soutenue par Philippe n'est point une guerre de religion, mais une guerre toute féodale, de sorte que les démons n'agissent dans mon poëme que comme des génies malfaisants opposés à Dieu, qui est la source de tout bien.

Pag. 33, vers 16.

En sa présence alors cent écuyers admis.

L'ouvrage de M. de Sainte-Palaye sur la chevalerie donne tous les détails de cette cérémonie. La Colombière en fait également la peinture dans son livre intitulé *Théâtre de l'honneur*.

I.

CHANT II.

Pag. 52, vers 16.

Je dormois quand je crus voir ce fleuve éploré.

La personnification d'un fleuve dans la théogonie chrétienne ne doit avoir aucun rapport avec celle d'un fleuve du paganisme; j'ai cherché à vaincre cette difficulté, et j'espère que mes lecteurs m'en sauront gré.

Pag. 69, vers 8.

Une antique abbaye alors frappe mes yeux.

Cette vieille abbaye de Fontevrault, fondée par Robert d'Abrissel, s'attache aux souvenirs les plus précieux de notre histoire.

Pag. 70, vers 5.

Ainsi la Thébaïde en ses sables mouvants.

Cette comparaison est tirée du phénomène du mirage, que les déserts de l'Égypte offrent très-souvent. La réverbération du soleil sur les sables leur donne en ce moment l'apparence d'un grand fleuve, où le ciel et tous les accidents de la nature se réfléchissent. L'illusion est complète; moi-même, à la suite d'une escarmouche soutenue contre les Arabes

qui avoient attaqué mon escorte, j'ai vu ce phénomène, qui nous présentoit une onde imaginaire,
lorsque la soif ardente dont nous étions pressés pouvoit se désaltérer dans une source véritable et voi-
sine de nous. Il fut très-difficile de détromper les soldats qu'avoit abusés le prestige.

Pag. 82, vers 3.

Le tombeau de Richard, souverain d'Albion.

Richard Cœur-de-Lion fut enterré dans l'église de
Fontevrault, auprès de sa mère Éléonore d'Aquitaine, autrement dite Aliénor. Leurs tombeaux, re-
présentés dans l'ouvrage du père Montfaucon, m'ont
inspiré la scène dramatique qui termine ce chant.

CHANT III.

Pag. 89, vers 15.

Épouse de Philippe, Agnès de Méranie.

Le mariage de Philippe avec cette princesse, à la
suite de son divorce, a causé de grands débats, qui
ont brouillé le monarque français avec la cour de
Rome, et ont beaucoup contribué à troubler la
tranquillité de son règne.

Pag. 95, vers 4.

Mais, pendant que Philippe en hâte se dispose...

La captivité et la mort du jeune Arthur, qui
forme dans ce chant l'un des principaux épisodes de
mon poëme, sont essentiellement liées à l'action
principale ; car, sans cet événement, le roi de France
n'eût pas reconquis toutes les provinces que ses de-
vanciers s'étoient laissé ravir par l'Angleterre. L'in-
dignation universelle que produisit le meurtre du
jeune prince, ordonné par Jean-Sans-Terre, ex-
plique la rapidité des conquêtes de Philippe-Auguste, qui, dans une seule campagne, dépouilla
Plantagenet de tous les fiefs qu'il possédoit en France.

La mort du malheureux Arthur a été décrite par
l'abbé Velly et les autres historiens ; ils en ont pris le
récit dans le poëme latin de Le Breton, chapelain de
Philippe-Auguste, qui a plutôt fondé ce meurtre sur
des rumeurs et des bruits populaires, que sur un fait
avéré ; car l'évidence du crime universellement reconnu n'a pas suffi pour dissiper les ténèbres répan-
dues sur les circonstances dont il fut accompagné.
J'ai cru qu'il m'étoit permis de choisir parmi les dif-
férentes versions, celle qui étoit la plus dramatique,
et j'ai pris les éléments de mon récit dans la pièce
de Shakespeare, à laquelle je dois la scène la plus
touchante de cet épisode.

Pag. 118, vers 6.

De l'un à l'autre mur (ô surprise ! ô prodige !)

Le célèbre Bouchardon disoit : *Quand je lis l'Iliade, je crois voir des hommes de dix pieds.* Cette saillie d'un artiste exprime parfaitement le *grandiose* des personnages d'Homère. Sans ce grand caractère, l'épopée n'est plus qu'une production vulgaire, et c'est ce qui m'a déterminé à grandir extrêmement les proportions du héros le plus imposant de mon ouvrage après Philippe-Auguste. Je pourrai paroître exagéré à ceux qui n'ont lu des récits de guerre que dans les gazettes ; mais j'espère que les poètes et les artistes me justifieront.

Pag. 120, vers 18.

Sous le poids d'un créneau qu'il lance avec furie...

Ceux qui ne savent point de quelle manière nos pères se battoient dans le temps de la chevalerie, s'étonneront sans doute de voir attaquer un héros comme une forteresse, avec le secours des machines de guerre ; mais, si ce détail les étonne dans un poëme, leur surprise doit doubler en lisant les relations des historiens qui n'ont point hésité à reconnoître ces sortes de prodiges. Si l'on se représente en effet les énormes pièces d'armures dont ces guerriers étoient couverts et chargés, au point que souvent ils

ne pouvoient plus se relever lorsqu'ils étoient renversés, on sentira diminuer son étonnement. J'ai
fait de Salsbéry une espèce de géant, pour lui donner une force proportionnée au genre d'attaque au-
quel il succombe; il joint à sa force corporelle et à
son courage, une haute sagesse, qu'il manifestera dans
une conférence qui aura lieu entre lui et Philippe-
Auguste dans le commencement du septième chant.

Pag. 126, vers 2.

D'un sang qui fume encor ses blonds cheveux sont teints.

Jean-Sans-Terre s'est réfugié dans la tour où fut
commis le crime ordonné par lui. Là, son esprit
frappé par la présence des lieux, lui montre le simulacre de ce jeune prince, qui se dissipe bientôt
pour être remplacé par un spectre bien plus terrible;
c'est le remords personnifié, que je crois avoir repré-
senté avec des traits qui ne permettront pas de le
méconnoître.

CHANT IV.

Pag. 137, vers 6.

Sous l'orme se plaçant l'attrayante Isabelle...

Isabelle se dispose à présider une cour d'amour : ces cours se tenoient ordinairement sous l'orme planté devant l'habitation seigneuriale ; elles étoient consacrées au jugement des délits amoureux, aux récits des paladins, et aux chants des poètes du temps. On se rappelle encore les cours tenues par la belle Jeanne, reine de Naples ; celles de Pierrefeu de Romanie, et celle que tint la célèbre Laure, amante de Pétrarque : leurs décisions galantes étoient généralement respectées, et les délinquants n'osoient jamais en appeler.

Pag. 139, vers 3.

Paroissez maintenant, vous que la poésie...

Les chants d'amour étoient composés dans la langue romane : les poètes qui la parloient étoient appelés troubadours, ou poètes provençaux ; d'autres qui habitoient le nord de la France, s'appeloient trouvères. Ces poètes des douzième et treizième siècles, voyageoient chez les différents princes, et y colportoient la science gaie, qui étoit partout accueillie. Les ménestrels, placés dans un étage plus bas, étoient des musiciens ambulants qui chantoient dans les cités et les châteaux des compositions connues. Les jongleurs faisoient des tours d'adresse, et se bornoient à divertir la populace.

Les troubadours et les trouvères, dont les chants n'étoient souvent que des récits de leurs propres amours, avoient quelquefois d'illustres aventures; de grands obstacles irritoient leurs désirs, et de simples fantaisies devenoient des passions désordonnées. Ils s'imposoient, dans leur fanatique tendresse, des pénitences volontaires; de simples bergerettes les consoloient du mépris des grandes châtelaines : de là ces chants d'amour, connus sous le nom de *pastourelles.* Prenoient-ils des engagements, ils y employoient les formules et les statuts des féodalités : ce mélange bizarre de galanterie, de poésie, et d'entreprises chevaleresques, contribue considérablement à donner au moyen âge la couleur qui lui est propre, et forme quelquefois une religion qui a ses dévots, ses pèlerins, ses martyrs, ses visionnaires; quelques-uns jouoient, prioient et se macéroient; les maîtres en amour soutenoient des thèses subtiles dans les cours d'amour où les questions sentimentales leur étoient proposées par les galants.

Pag. 142, vers 2.

Quand ces chants sont finis, un scalde, enfant du Nord...

Les scaldes étoient des chantres des Scandinaves, et leurs poésies étoient les chroniques de la Norwège et du Danemarck. Suivant les héros aux combats, ils célébroient des exploits dont leurs yeux étoient témoins : ils remplissoient aussi des fonctions pacifiques, instruisoient la jeunesse et l'initioient aux mystères de la religion : la harpe à la main, ils assistoient aux fêtes nuptiales, aux funérailles ; souvent même, ambassadeurs de leurs rois, ils alloient solliciter pour eux la main des illustres princesses ; l'esprit prophétique les agitoit et donnoit à leurs chants de mort un caractère imposant et funèbre. Tout dans leurs chants affreux, jusqu'à l'image des festins et des fêtes, respiroit la férocité. Chéris des rois qui les attiroient à leur cour, et leur donnoient la main de leurs filles, ils prenoient le pas sur les plus grands seigneurs ; les rois mêmes devenoient scaldes, et célébroient leurs propres exploits.

Pag. 144, vers 1.

Des braves dans les cieux voyez-vous les fantômes....

Le paradis d'Odin, comme l'élysée de la théogonie païenne, prodigue aux Scandinaves les mêmes

-I.   23

plaisirs qu'ils goûtoient sur la terre. Dès que le signal
des jeux est donné dans le Valhalla (c'est leur paradis), les guerriers s'avancent revêtus de leurs armes; ils s'attaquent, ils se blessent, ils se tuent,
pour renaître aussitôt. Des vierges pansent leurs
plaies, et leur versent l'hydromel quand ils siègent
aux divins banquets, où ils se nourrissent des chairs
brûlantes du sanglier Serimner. Pendant le repas,
des fées chantent les victoires remportées par le ciel
sur l'enfer, et sur le grand serpent. Odin, le plus
puissant des dieux, est assis sous le frêne Ydrasil.
L'arc-en-ciel est la route qui mène au paradis.

Pag. 145, vers 5.

Par le sombre Niflem enveloppé d'oubli...

Le Niflem est l'enfer des Scandinaves; ils le composent de neuf mondes, séjour des criminels et des
lâches. Dans le premier réside Hella, qui représente
la mort; la moitié de son corps est blanche; le reste
a la couleur de la chair vivante, double nuance qui
marque le passage de la vie à la destruction; près
de son palais est le Nastrond ou le rivage des cadavres; ce palais est ouvert à tous les vents; les murs
en sont tressés de serpents qui mêlent leurs sifflements
au bruit de l'ouragan, et dont les poisons distillent
dans un grand lac, où sont jetés les assassins, les

parjures, et les adultères, que des monstres épouvantables engloutissent et rejettent vivants : près du
lac règne une forêt de fer, où sont enchaînés les
géants qui ont conspiré contre le ciel.

Pag. 146, vers 9.

Jeune et belle Nossa, là tu prends ton essor.

Nossa étoit la déesse de la jeunesse. Sa mère, appelée Freya, épouse d'Oder, qui l'a quittée depuis long-
temps, ne cesse de le pleurer en versant des larmes
d'or. Gesione dont je parle ensuite est vierge, et surveille la chasteté des vierges. Les Valkyries sont trois
filles du grand Odin, qui versent à boire aux dieux.

Pag. 148, vers 1.

Dès qu'il voit un château, quel doux transport l'agite !

J'ai trouvé le fond de tous ces détails chevaleresques dans l'ouvrage de Sainte-Palaye.

CHANT V.

Pag. 177, vers 4.

Au château de Vauvert ces monstres sacrilèges.

Le palais de Valvert ou Vauvert étoit situé sur
l'emplacement du Luxembourg, où, pendant quel-

que temps, les rois de France ont établi leur demeure. Voici ce qu'en dit Dulaure dans son *Histoire
physique, civile et morale de Paris,* second volume,
pag. 188.

« Au milieu, et hors des murs de Paris, vers
« l'entrée de la grande avenue qui du parterre du
« Luxembourg se dirige à l'Observatoire, s'élevoit,
« au milieu des prairies, un ancien château entouré de
« hautes murailles, appelé le château de Vauvert;
« il étoit, pour les habitants de Paris, un objet d'ef-
« froi; des revenants y paroissoient; des diables,
« chaque nuit, y tenoient l'assemblée du sabbat; on
« y entendoit des bruits affreux. Depuis long-temps
« ce séjour d'horreur étoit inhabité; on se détour-
« noit même du chemin qui conduit de Paris à Issy,
« pour éviter la rencontre des esprits malfaisants.
« La terreur qu'inspiroit ce lieu s'étoit si puissam-
« ment emparée des imaginations, que le souvenir
« s'en est conservé long-temps après, et a donné
« naissance à cette phrase proverbiale, *aller au diable
« Vauvert,* pour signifier une course pénible et dan-
« gereuse; et aujourd'hui, par corruption, on dit
« encore aller au diable Auvert. Plusieurs écrivains
« des quinzième et seizième siècles ont souvent exalté
« la puissance de ce diable.

« La voie romaine qui conduisoit à Issy, appelée
« en 1210 chemin d'Issy, et ensuite rue de Vauvert,

« a peut-être, à cause des récits épouvantables que
« l'on débitoit sur ce château et son diable, reçu le
« nom de rue d'Enfer, qu'elle porte encore aujour-
« d'hui. »

Pag. 184, vers 16.

A peine à Lusignan le messager rapporte.

J'ai puisé dans l'introduction de l'*Histoire de
Charles-Quint,* par Robertson, les principales no-
tions qui m'ont été nécessaires pour peindre les
mœurs féodales représentées dans le cours de ce
chant. J'ai cherché à leur donner un grand caractère de vérité, parce qu'elles m'ont paru éminem-
ment poétiques, et qu'elles n'ont jamais été représentées dans aucune épopée, si ce n'est quelquefois
dans le poëme de *l'*Arioste. C'est ce gouvernement
féodal qui distingue le plus l'histoire moderne de
l'histoire ancienne. Il prend sa source dans les clien-
telles et les bénéfices militaires, accordés par les suzerains à leurs vassaux; des devoirs réciproques les
lioient entre eux, et sembloient établir une hiérarchie de pouvoir; mais cette chaîne étoit continuelle-
ment brisée par l'immense autorité des grands vassaux, qui désobéissoient impunément à leur souverain
et ne le regardoient que comme leur fondé de pouvoir. Non contents de favoriser cette anarchie, ils
fouloient leurs propres vassaux, dont ils exigeoient

des corvées et des redevances, tandis qu'ils exerçoient le droit de vie et de mort sur les serfs attachés à la glèbe, qu'ils vendoient comme des troupeaux. Enfin le désordre fut porté au comble quand Charles-le-Chauve permit que les fiefs, dont ces grands seigneurs n'étoient que les usufruitiers, devinssent des propriétés irrévocables et héréditaires dans leurs familles. Ainsi fut brisé le dernier nœud qui répondoit aux rois de la soumission des grands. La France ne fut alors qu'une multitude de petites principautés, qui s'armoient les unes contre les autres, et brisoient tous les liens de l'ordre social. Leurs grands châteaux multipliés à l'infini, et placés tous sur des éminences, étoient des embuscades d'où ils se précipitoient sur leurs voisins et sur les voyageurs qui frémissoient à l'approche de ces cavernes fortifiées où le brigandage s'exerçoit avec impunité.

CHANT VI.

Pag. 211, vers 10.

Les Gaulois y creusant de vastes catacombes.

J'ai cru ne pouvoir mieux placer le foyer d'une conspiration contre Philippe-Auguste que dans un lieu terrible, qui, protégé par l'enfer, parût inaccessible à tous les efforts humains. J'ai donc supposé que Mélusine et les démons soumis à ses ordres, avoient recueilli les débris de la féodalité dans ces immenses catacombes creusées sous le faubourg St.-Jacques, et d'où furent tirées les pierres qui servirent à la construction de l'ancien Paris. On sent que le roi, pour triompher de pareils obstacles, avoit besoin de la protection de Sainte-Geneviève.

Pag. 222, vers 19.

Mais quels preux dans la lice en long ordre s'avancent.

J'ai trouvé dans le Théâtre de l'honneur, par La Colombière, la plupart des traits dont je me suis servi pour représenter ce tournoi. M. de Marchangy qui, dans sa Gaule poétique, a puisé à la même source, m'en a également fourni quelques-uns.

FIN DES NOTES DU TOME PREMIER.

Librairie d'Aimé André.

OEUVRES DE J. F. DUCIS, ornées d'un portrait de l'auteur, d'après M. *Gérard,* de 4 planches de musique, de 12 gravures, d'après MM. *Girodet, Desenne, Calmé* et *Albrier. Paris,* 1819, nouvelle édition, imprimée par *Pierre Didot,* en caractères neufs plus forts que ceux employés jusqu'à ce jour dans les poésies. 6 vol. in-18. 16 fr.
—Les mêmes, sur très beau carré vélin des Vosges, ornées de 12 gravures avant la lettre, br.   32 fr.

ÉPITRES ET POÉSIES DIVERSES DE J. F. DUCIS, ornées du portrait de l'auteur, d'après M. *Gérard,* 3 gravures, d'après MM. *Girodet* et *Desenne,* ... par *Leroux, Johannot* et *Simonet* jeune, et de ... ches de musique, par *Grétry*; nouvelle édition. *Paris,* 1819. Imprimées par *Pierre Didot,* en caractères neufs plus forts que ceux ordinairement employés pour les vers dans le format in-18. 2 vol. in-18, papier vélin.   8 fr.
—Les mêmes, 2 vol. in-18, grand raisin; imprimerie de *Firmin Didot;* ornés de 2 gravures et de 2 planches de musique.   6 fr.

OEUVRES DE F. G. J. STANISLAS ANDRIEUX, de l'Académie française, composées de ses comédies, contes et anecdotes en vers, poésies fugitives, et mélanges de littérature et de morale en prose. 4 vol. in-8, ornés du portrait de l'auteur, de gravures et de vignettes, d'après *Desenne;* br.   26 fr.
—Les mêmes, papier vélin, figures avant la lettre. 50 fr.
On vend séparément le vol. 4e. *Paris,* 1823, contenant deux comédies inédites, diverses notices, et des mélanges en prose et en vers, servant à compléter la première édition, en 3 vol., br.   6 fr.
—Le même, papier vélin, br.   12 fr.

OEUVRES DE F. G. J. STANISLAS ANDRIEUX, composées de ses comédies, contes et anecdotes en vers, poésies fugitives, et mélanges de littérature et de morale en prose; nouvelle édition, imprimée par M. *Firmin Didot,* aussi complète que la précédente. 6 vol. in-18, ornés du portrait de l'auteur; br.   15 fr.
—Les mêmes, sur papier vélin superfin, br.   30 fr.

www.ingramcontent.com/pod-product-compliance
Lightning Source LLC
Chambersburg PA
CBHW071816020726
47502CB00004B/1134